如果
没有 你

陶 立夏
作品

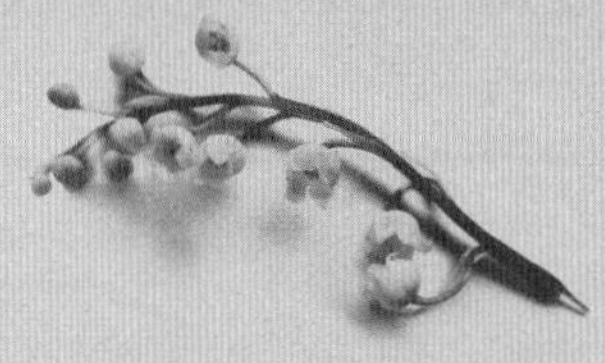

The

One

I

Love

湖南文艺出版社
HUNAN LITERATURE AND ART PUBLISHING HOUSE
博集天卷
CS-BOOKY

我们遇见谁，然后又失去谁，

究竟是由谁来决定？

人生的取舍，不可能总尽如人意。

但其实心下知道，失去你是另一回事情。

他曾说：影年，不要急。

他曾说：影年，我已经走了这么远，不想回头。

他也曾说：我在这里，总是在这里。

似是故人归

陶立夏

今年最犹豫的决定是再版这个多年前写的爱情故事。记得完成终篇里那封信的早晨，我住在维港边的酒店里，处理完工作邮件时回头看见金红色的阳光点亮了窗帘脚。圣诞节快到了，我穿着羽绒服站在近三十摄氏度的街头看提着购物袋的人们匆忙走过。

也记得写下小说开头的那个春天，在伦敦Battersea公园边的小公寓里，我看着树梢的绿意渐浓，梨花满枝，黄水仙的浓香里，冰激凌车唱着歌来了。那竟然是十年前的事了。我很快就

前　言

拿到伦敦艺术大学的硕士学位，决定回国。找工作屡屡碰壁的同时，这个故事渐渐成型。很长一段时间里，它是我的寄托，所有我在现实中无法得到的，都写在书里。所有好奇却不会亲身体验的，也都写下来。

我也记得再版的封面发送到手机上的那天，刚过了生日，微博上、微信上都是朋友们的祝贺。可是这些日子中究竟发生了些什么，我却记得不是太清楚。不过有一种幸福就是你无意间回头，发现过去的梦想都在不知不觉间实现了。这个故事的再版也是其一。

修订这本书的过程并不轻松。比面对旧时自己更艰难的事，大概并不太多吧。我看着当年的自己，清楚看见青春年少时才有的稚嫩，发现了无数初学写作的人才会犯的低级错误，心情突然像批改考卷的老师一样严肃，同时又感到写检讨般的羞怯惭愧。在如此矛盾痛苦的心情之下，停顿了很久。好在编辑并不催促，只说慢慢来，语气完全是书中男主角一样的体贴。强迫自己打开文稿继续修改的时候，渐渐看见了因为专注才有的真挚。世事经历不多，所以无知无畏地写下那些少年人才有的旁若无人的哀愁。

Preface

认真通读这个故事第二遍的时候，几乎是恍然大悟，那时候的我要写的不仅仅是爱情，还有一个人如何理解自己，两个人如何懂得彼此。那是彼时的我对即将参与其中的这个现实世界做的最浪漫的推测。所以影年与尹年之间，动人的不仅仅是他们之间的爱情，更有他们之间的默契。那种“与君初相识，似是故人归”的悸动与笃定。生活确实有其虚妄之处。大概正因为如此，我们才向往爱情。

不知不觉，十年过去了，旧版的书页也开始发黄。真羡慕书里的人，他们永远不会老去。但我也感受到了一个写作者的幸运，可以通过文字享受筑沙城一般的不求结果的快乐：在这十年里，有时我也会怀疑，人与人或许没有办法真正卸下铠甲与负重互相取暖。每个人都孤独，但这并不意味着我们就可以因此找到共同的庇护。因为孤独有不同的形状、颜色、气味，它们质地相同却不能相容。但我们努力试图接近的过程，这种勇敢探索幸福的姿态，已足够动人。

这十年，你的人生里发生了什么？希望此后的十年，我有更多故事写给你。

如果没有你

目录

Contents

目录

Contents

Chapter 1 命运的相逢

从来，都是命运选择你，
而不是你选择命运。

Chapter 1

-1-

坐在正远大厦八楼装修堪称豪华的广告部办公室里，商影年忐忑得连大衣都不敢随便脱。而暖气似乎又开得过分足了，不多时候，背上已经爬满密密一层汗。

“钱主任是吗？你好，我是陆巧鸣的朋友商影年。来报社工作的事情……”

“啊，商小姐，不用担心，都已经安排好了。我让经济部吴主任打了报告上去，上面都已经批下来，待会儿你只要去隔壁人事处报个到……”

“钱主任……我、我想这里面有误会。”

钱主任是那种在大家的闲谈中被轻易归入年轻有为那一档的青年才

俊，质地良好的衬衫，白金袖扣，领带打一个规矩的温莎结，此刻正气定神闲地听商影年解释。听说有误会，也并未显露任何情绪，只见他姿态潇洒地从桌上堆积如山的文件夹里翻出一个黑色文件夹，然后又千辛万苦地从中抽出一页纸来，稳稳当当放到商影年面前：“误会？怎么会有误会？各位主任，还有老总，都签过字的，你看看！”

那是一份报告书，商影年瞥一眼，内容似乎很陌生，又非常之熟悉。过半晌才反应过来，那是自己的名字、学历以及工作经历。下面跟着的就是一片密密麻麻、龙飞凤舞的签名。

“老总……老总签在哪里？”商影年仿佛全然被这场面镇住，双手掩面，期期艾艾地问。

钱主任探过头，往最下面的角落一指：“喏，那个不就是？”

商影年眯起眼睛来辨认，只是几个简单不过的笔画，只隐约认出末尾一个“年”来。不过就算她两个字全认得，也不知道他是何方神圣，不过既然是老总，想必气势威严，长着一张慑人的扑克脸吧。

“只有老总签了字，我才能进报社？”

“进报社工作，可是很不容易的事啊！”钱主任加重语气，“最后只有老总签过字，你才能进来。”

“某年。”看着那个签名，商影年在心里暗自想着，“还某月呢。”

这时候电话又响，一看来电显示，是好友陆巧鸣。刚摁下通话键，陆巧鸣的训导就劈头盖脸汹涌而来直撞耳膜：“喂，我说影年，你一定要抓住机会。这年头，哪里去找这样的铁饭碗？多少人撞破头想进报社？你要进的还是经济部，油水足，你可知道？！”

“等等，巧鸣，那份简历你不是帮我投到百货公司吗？”

“唉，我不小心落在报社广告部了啦。”

“你……我应聘销售经理，去报社做什么？”

“报社会安排啊，去了你就知道了嘛。那个广告部的钱主任是我朋友，我已经和他打过招呼。哎呀，我忙得不得了。回去说，拜！”电话又挂断。

这下商影年终于有些明白事情的来龙去脉：自己的简历本来是要室友陆巧鸣在上班途中帮她投递出去的，结果那天陆巧鸣代表公司去报社谈广告事宜，就把那个没有封口的牛皮信封落在了广告部的办公室。广告部的人很重视陆巧鸣公司这个合作多年的老客户，遂电话问她：“你的朋友在找工作吗？”彼时陆巧鸣正在大会议室与企划部的人缠斗，被几个喜欢想当然又拎不清市场行情的文艺青年气得几乎血管爆裂，只心不在焉地答：“是。”然后迅速收线，继续拍桌子。

于是，三天以后的大清早，商影年那部沉寂多时的手机骤然响起，是本市的陌生号码。她迟疑地接了，只听那边飞快地开讲：“商影年是吗？请你在今天下午带个人证件和相关学历证明到正远大厦八楼人事处报到。另外，记得带本人近期一寸免冠证件照片两张。再见！”这期间商影年没有机会插上一句话，正要开口，那边已经咔一声将电话挂断。

如今前面是狼，后面是虎，全朝商影年这只无辜又茫然的小羊羔丢肥肉。世间怎么会有这样的好事情？惶惑之余，她不禁叹息。

钱主任在偌大的办公桌后面摊开双手，看着面前神情迷糊、手脚慌乱的女孩子，自认“阅人无数”的他在某个瞬间觉得她仿佛来自另一个世界。要在报社生存，前面必然有一段磕碰不断的路在等着她。但她的姿态抑或是神情里又有什么在提醒他，这个女孩子终不会是这栋大楼里一个无足轻重的匆匆过客。或许仅仅是因为她漆黑眼眸中一闪而过的坚定底色，叫他不敢起怠慢之心。

“来，签字吧。材料一会儿我帮你送到隔壁人事处。”钱主任将他的签字笔塞进商影年手中。

最后，一头雾水的商影年不记得自己是怎样离开了广告部的豪华办公室，又是如何走进了电梯。走出电梯的时候与一道高大的灰色身影擦肩而过，一心急着要离开正远大厦的商影年却目不斜视，连头都不想抬。蓦然听见身后有人提高音量道：“小姐，你的手套？”

商影年不情愿地回过头去，目光正对上一双黑色的眼眸。愣了片刻才注意到，他手中正握着自己那只粉色半指毛线手套。是刚才那个穿灰色大衣的男人。

商影年连忙伸手接过来，点头致谢，也没再回头。将手套戴回手上后，一边懊恼自己的粗心大意，一边盘算着肚子饿了，该去哪里吃一顿便宜又美味的晚饭。想得这么专心致志，根本没在意身后电梯里几个人已经不约而同地为那位穿灰色大衣的男人让出位置，并用恭敬的语气招呼道：“尹总……”

离开正远大厦走在街上，阳光亮得仿佛水晶一样，风吹过来，却又是冰凉凛冽，让人以为眼前的阳光不过是幻觉。

十二月的寡淡阳光，原来像刀刃一样薄。在商影年二十七岁生日后的第五天，她第一次这样觉得。

或许命运的确是面镜子，你如何看它，它便如何待你。因你时常心怀萧索、任意妄为，是以你的命运也不得不对你如此凉薄。这么多年，商影年早已在重复与等待中逐渐知晓：活着其实也并没有什么天大的难处，可是光线这样亮，时间又这么久长，总免不了意兴阑珊。所以是时候找个正经工作，朝九晚五打发时间，顺带养活自己、贡献社会。

无声无息之间，日影偏西了。在麦当劳门口的长椅上，商影年在麦当劳叔叔的臂弯里坐了半日，慢慢啃完一对鸡翅，又吃掉一只甜筒，然后站起身来仔细抖落沾在长大衣上的碎屑，将纸盒扔进路边的垃圾箱。看着自己空空的两只手，她像是在某个瞬间做了重要决定，大力拍一记手，昂首走进冬季傍晚的人群。

-2-

商影年的面试表现大概算得上报社有史以来所有应聘者中最糟糕的，所以说，她最终竟然会得到这份工作，真的是很机缘巧合的一件事情。但猝不及防又无法理喻的，才叫命运吧。说起命运这种严肃的事情，总是让人想逃。可惜如若逃得过，又怎么叫注定？

到头来，大家不过都是做了顺水推舟的事。

上班第一天，商影年只记得两件事情：填表格与找人签字。领一支自动笔与一个笔记本都要找三个人签字。

最后她终于在地方商业新闻部办公室的小隔间里得到一张办公

桌、一台电脑、一张门卡与一个采编系统的个人账户。看报、上网、发呆……根本无人来理会你，多一个人不过像是墙角多一盆绿色植物那样无所谓。

地方商业新闻部是个小部门，算上商影年在内不过五个记者、一个主任。其余那四个记者此刻都在电脑前埋头打字，商影年路过时瞥了一眼，都在浏览新闻网页。那唯一的一位主任姓方，开完晨会回来后在自己独立的办公室里晒太阳，到下午仿佛才终于如梦初醒，想起来自己手下多了商影年这么个人，立马把她叫到他的办公室里。方主任说话时倒是很和颜悦色，但是那笑容仿佛是挂在脸上的一张面具。商影年只好也挂上旗鼓相当的笑。

“做过记者吗？”

“没有……”

“没关系，我看了你的简历，高才生啊！我们部门还没来过留学硕士。钱主任这个人哪，真是好眼光……”

商影年不晓得该说什么，扯一扯嘴角，大概算是接受这赞美。

“来来来，我介绍同事给你认识。”他起身，一只手顺势搭在商影年肩上。好在穿的毛衣够厚，办公室的门也是敞开着的，商影年在心里偷偷地想，否则的话，估计要立马拍案走人，让陆巧鸣的一片好心瞬时化成驴肝肺。

晚上回家，陆巧鸣难得在家，还煮了泡面。小小的客厅里都是调料的味道，香得叫人食指大动。不过吃到嘴里，却完全不是那么回事。方便面可能算是世上最廉价的谎言，但好些人就是离不开它。

“想什么呢？工作适应吗？”陆巧鸣皱着眉看商影年神游太虚。

“没想什么。你，今天不用应酬？”

“说得我像酒家女一样，那叫饭局！”陆巧鸣拿塑料叉敲一敲碗，愤愤地说，“喂，我问你呢，工作怎样？”

“怎样？还不就是份工作。你相信我，现任美国总统的烦恼一定比我多。”

“工资呢？薪酬的事，你问了没有？”

“没问，怕自己失望。好歹是份工，做着让人觉得牢靠，否则拿什么交房租。”

“商小姐，有时候我觉得你很没脑子，有时候呢，又觉得你是个顶聪明的孩子。”陆巧鸣说完这通哑谜，埋头吃面。

第二天一上班，商影年就打开搜索页面，输入六个大字：新闻写作要义。

When，Where，Who，What，Why，即著名的5W理论。

看完这些理论，商影年打开文档，写道：“今天市妇联在市政府第三会议室召开妇女大会，庆祝新年。”写完用力敲一记回车，靠在椅背上读两遍，觉得已经初步具备专业架势。

时间，地点，人物，事件，原因。原来所有事情都可以浓缩成这么五个词。真好。快刀切豆腐那样利落痛快。她都有点喜欢这份工作了。

“小商，真是用功。”像是为专门提醒她高兴得太早，一只手又适时搭她肩膀上。原来是刚来上班的方主任，大概已在她身后站了有些时候。商影年站起身来，正好避开肩膀上那只手，毕恭毕敬带着微笑道：“主任早，有什么吩咐吗？”

“不用拘谨，不用拘谨。来，我给你介绍。小邵是我们部门的实习生，我让她跟着你跑政府新闻这条线。”方主任朝商影年对面隔间里的小女生招一下手。那女孩飞速站起身来，语气恭敬地说：“谢谢主任。”

带实习生？商影年抬起一边眉毛，想：我自己不还是个实习生吗？正想着，小邵已经跑到她身边，拖了张椅子坐下来：“商老师……”

“叫我影年，商影年。”

“影年姐。”小邵从善如流。

“你学什么专业？”

“新闻，今年研究生三年级。”

“那以后我跟着你。”商影年毫不客气地说，“你现在先教我采编系统怎么用，稿件库怎么看。”

“好！”小邵两眼亮晶晶，“不过以后有新闻你也得带着我，再没稿子上版我拿不到实习成绩。我先帮你申请编辑系统的账号。还有，你用什么聊天软件？QQ你用吗？”

“不用。”

“好吧，我帮你申请账号。”小邵这姑娘拿出泰山崩于前而色不变的从容来，手脚麻利地带领商影年脱离信息原始社会。

过半天，小邵突然在QQ上说：“影年姐，你擦什么香水，味道好怪，像……墨水。”

商影年疑惑地吸一吸鼻子，立即干脆地回答：“不可能，我已经很多年不用香水。还有，不许闲聊，你还没教会我怎么追回发错稿库的稿子。”

“又发错了吗……”小邵发来一个哭泣的表情。

农历新年快到了，报社和其他寻常企业一样安排了尾牙，但因为职业的关系，时间与地点通通和别处不一样。编辑系统人员的聚餐安排在中午，吃完回去继续编稿子。组版员们则是在下午，吃完饭回去新闻正好上版，可以开始排版。记者部门的则安排在晚上，因为写完新闻才有时间吃饭。商影年看着电梯口的聚餐通知，觉得很是新鲜有趣。

下了班，商影年随办公室里的同事们一起搭电梯去报社隔壁的酒店吃晚饭。小邵是实习生，先回去了。走到半路，商影年想起该给陆巧鸣打个电话，说要晚点回去。方主任不晓得什么时候跟了上来，调侃地说：“给男朋友报告行踪啊？”商影年低下头，赶快收了线，把手和手机一同放进大衣口袋里。

菜很好，大概抵得上大富人家嫁女儿的水准。商影年和谁都不大熟，埋头吃很多。吃到一半，服务员突然姿态恭敬地将宴会厅的大门打开，冷风灌进暖气充足的房间，带来一阵舒适的凉爽，引得坐在门边的商影年不由自主地抬起头来。

是个穿灰色大衣的男人，头发理得极短，一件黑色高领毛衣让他的五官显得凌厉而分明。他似乎是刚旅行回来，手里还提着黑色旅行袋。看着他身上那件似曾相识的灰色羊绒大衣，商影年停下了筷子。

主桌上的领导们早已经纷纷放下碗筷起身迎接，还有人上前大力拥抱他，然后殷勤地接过他除下的大衣。一个啤酒肚醒目、中层领导模样的人更是大力挥舞手臂，示意全场安静，然后环顾四周，确定大家已经将注意力放在自己身上后，大声说道："欢迎尹总，下面有请尹总为大家讲话！"原本喧闹的宴会厅霎时寂静一片，随即又爆发热烈掌声。

原来他即是报社总编辑，那个签字让自己进报社的"老总"。商影年喝口果汁，暗自寻思着。尹年慢慢脱下手上的黑色皮手套，转过身来，依稀是哪里见过的眉眼。商影年定一定神才想起，一个多月前在电梯口遇见的那个人，也是他，只是人群中的他，看起来要比印象中更加高大。

大家都已经喝得差不多，脸上浮着酒气，唯有尹年，一张俊朗冷静的脸。他稳步走到桌前，举起杯中的酒道："迟到了，先自罚一杯。这第二杯是要敬在座的各位，感谢这一年来大家为报社做出的贡献。报业竞争，素来真刀白刃。新的一年，还望继续努力。先干为敬！"沉稳有力的声音，音量并不高，却字字句句清晰。

这已经是他们的第二次见面。不同于第一次的偶然与接近，这次他站在明亮灯光下，众人注视之中。而她则躲在角落暗影里，人群的后面。

"尹年。"她轻声说出他的名字，随众人将杯中的葡萄酒一饮而尽。

酒席散的时候，已经接近午夜。地方商业新闻部的记者随方主任一道下了楼。在酒店门口，方主任醉眼惺忪地看着商影年说："我喝多了，不能开车。小商，你送我回去。"不待商影年反应，便摇晃着要把钥匙塞到她手中。同事们见状，忙不迭地纷纷离场，逃离这是非之地。商影年不想接那钥匙，又不能转身就走，左右不是之间钥匙掉在地上，叮一声脆响。

正在僵持之际，一辆黑色的车已经稳稳停在他们面前。

“方主任，不如搭我的车，让我载你一程。”后座上的人摇下车窗，扬声道。商影年随方主任的视线望过去，正是总编辑尹年。

方主任的酒意仿佛一下子就醒了，连忙客气地推辞：“怎么能麻烦尹总……”

“和我客气？老方，这可不是你的风格。”

方主任听了，只好一边说着“哪里，哪里”，一边快步绕到车身另一侧，拉开车门上车去。

商影年将车钥匙从地上捡起来，那表情仿佛是拎着只刺猬。

尹年轻轻笑了，摘下手套，将手伸出窗外：“方主任的车钥匙，我来帮他保管。”原来他都看见了。商影年也来不及想什么，大大松口气，将钥匙放到他掌心，低声道：“谢谢你，尹总。”

车窗玻璃缓缓上升，商影年站在酒店门口目送他们离开，那扇已阖上的深色车窗上，倒映着闪烁的霓虹与无边无际的暗夜，商影年看见自己的面容在其间一闪而过。

多年以后回想起来，是在那个晚上，商影年有生以来第一次因为听见一个人的声音而觉得安心。也是她第一次，想要为着一个人停一停。即便他们之间将会隔着那么多纷繁世事，将为彼此付出那么多心碎挣扎，依旧不会说半句悔恨。

因为人生本就如此，正像泰戈尔曾在《飞鸟集》里说过的那样：The best does not come alone. It comes with the company of the all.

最好的东西并不是单独前来，它伴着其他东西一同到来。

-3-

因为有了工作，原本成天与沙发为伍的商影年也开始忙碌起来。陆巧鸣一边在镜子前面整理仪容，一边打趣："如今看你，也是朝气蓬勃一有为青年嘛。"

"可不是，就让我们一起为社会做贡献！"商影年跟在她身后出门。走在旭日初升的街头，商影年近乎调侃地想象着，如果自己此刻的样子被父亲商仲恒知道，他会做出什么反应。他大概会说：你们这些无知的年轻人哪，锦衣玉食不开心，以为朝九晚五被老板剥削，就可以过健康正常的生活。

方主任新派下的任务是去市政府采访投资商经济论坛。商影年带着小邵在公交车站等公交，等足十分钟，被寒风吹得鼻尖失去知觉。城市上空，大块大块的云朵在聚集。新闻里说，今日有大雪。上了无人售票公交车，商影年尴尬地发现自己口袋里没有硬币，身后的小邵叹息地掏出零钱包来帮她付车钱。商影年要到三个月以后才知道，原来报社每个记者每月有两百元的车资补贴，可以放心坐出租，不用挤公交这么辛苦。

到了会场，又被告知列位记者可凭工作证领一份新闻通稿，根本不能进场旁听。白纸黑字的通稿，确实时间、地点、人物、事件、原因都全，却是最无味的流水账，一点报道意义也没有。小邵看着那份通稿直皱眉：

“早知道是这样的，就不用来，连公交车钱都省了。”

正在发愁，在一片深色西装的海洋中，商影年却看见一个熟悉的身影。

原来世界真的这么细小。商影年还未想好要如何应对，那个年轻人已经快步向她走来，满脸的惊讶与喜悦。

“影年？真的是你！你怎么会在这里！”话音未落，他已经朝她伸出双手，自然而然地搭在她肩上。如果不是在大庭广众之下，他几乎就要紧紧拥抱她。

商影年微微一笑，也没躲避，只说：“帮我一个忙，政勋。”

“尽管说。”他的神色还没从惊喜中恢复过来。

“烦劳你帮我安排一个独家采访，只要十分钟就可以。”

“好，你要采访谁？”

这么多年了，大家已经熟稔到没必要寒暄叙旧。再次遇见傅政勋，商影年一点不觉得惊讶，仿佛她的生命里总是会遇见他。就像她的生命里，总是有父亲商仲恒的存在。不能避免也无法改变的事情，想来无益。

“我要采访论坛主席，即现任市政府经济委员会主任。”

等满口答应下来，傅政勋才想起来问：“你现在当记者？！”语气里说不出的意外。商影年点头，拉过小邵来挡在自己面前：“我给你们介绍，这位是我同事，小邵。”傅政勋有几打问题要问，无奈那边已经有人在向他着急地挥手示意。

“你等我一下，我现在就去安排。你在这里等我，不要走开……”

通过傅政勋的安排，商影年趁论坛中途的休息时间截住了经济委员会主任。这个傅政勋依旧一如往常，手腕高明，应对得体，没有他不能解决的问题。虽然不过是十分钟、三个问题，但一旁记录的小邵早闻到了月度好稿奖金的味道，嘴角偷偷扬起来。采访一结束，商影年道声谢，匆匆离开。傅政勋正忙着应酬领导，没能来得及阻止她逃也似的拉着小邵离开会场。

回去的公交车上空调开得很足，窗玻璃上蒙着水汽，一片模糊。坐到半途，小邵突然大叫："下雪了，影年姐你快看，下雪了啊！"

商影年头也不抬，仿佛倦到不行："既然你精神这么好，那回去这稿子归你写。我出了人，轮到你出力。"

"没问题。"小邵回过头去继续盯着窗外的雪花看。薄薄的暮色中，雪花纷扬，街上的行人都低着头匆匆赶路。

"说到人……影年姐，刚才那个帅哥是谁？"

"哪个？"

"穿黑西装，帮你拿到采访的那个。"

"哦。以前认识的一个朋友。"

"嗯……没有故事？"

"你想听哪个？我有很多故事，小时候读过整本《一千零一夜》。"小邵知道自己踩到商影年尾巴，吐吐舌头乖乖扭过头去继续看她的雪。

看着迷蒙的大雪，商影年暗自叹息。傅政勋，我们还是再见了。经过这些年以后，如今该怎样形容我们的故事？或许只需要两个词：匆忙与荒芜。

记得那一年的冬天比今年更冷。仲恒基建在北方地区召开宣传酒会，将地址选在了结冰的湖上。蓝灰色冰面铺满金色地毯。商影年趁酒会间隙独自顺着地毯走到终点，停在冰雪边界。风势很猛，黑色的披巾随风扬起来。傅政勋跟过来，不言不语，站在商影年身后。她觉察到有人，转过身来面对他，披巾上细软的流苏拂过他的胸前，被风吹乱的黑色长发在同一时间遮住她漆黑的眼睛。那一瞬间傅政勋感觉她如同一只寂寞的鸟，带着脆弱的孩童式的天真，即刻就要在眼前展翅飞去，所有挽留都徒劳无益。

“还是决定要走？”

“是。”

傅政勋伸手扶住商影年的肩膀，带着近乎绝望的急切问：“我究竟哪里不够好？”话出口的那一瞬，心被重拳击中般钝痛。

“不，不是你不够好，而是我对自己的自由太计较。”商影年看着他的眼睛回答。终究没有一种感情，可以凌驾于自由之上。而受了伤的她，或许并不清楚自己要的究竟是什么，却努力想要挣脱所有束缚。

毕竟是在商场滚打多年，傅政勋意识到自己的失态，开玩笑般道：“你总喜欢长披巾，你看，多像是翅膀。”

商影年垂眸看一看飘在风里的黑色披巾，再抬头的时候，神色已经和缓很多，答：“我只有这一边翅膀，所以，只能慢慢走。”

第二天早上，商影年在酒店房间收拾行李。傅政勋过来，坐在沙发上看她半天，才说：“我们的相遇，不是安排的。我真的爱你。”商影年毫不停顿，继续埋头收拾行李。傅政勋终于按捺不住，箭步走过来，随手拿起桌上的香水瓶子大力砸向墙壁。碎片四溅，在她脸上划出一道伤口，也染了她一身的香水味。那是他送的礼物，Kiehl's 出品的麝香香水。这个来自纽约的百年护肤品牌曾据傲地宣称，这将是它们推出的唯一一款香水。多年之后，商影年将在橱窗里看见该品牌最新款香水面市的广告，那一刻她会想起自己曾拥有过又碎成碎片的这瓶香水，不无感慨地想："所谓誓言，也不过如此。"

受了伤的商影年依旧什么也没有说，沉默地脱下大衣塞进行李箱，又从衣柜中拿出另一件外套来穿上，在傅政勋挫败的目光中拉着行李箱走出了房间，再没有回头。

公交车停了，将商影年从回忆里唤醒。从公交车站走回到办公室，一双旧球鞋已经被雪水浸透。办公室里一派繁忙景象，同事们都在电脑前忙到鼻尖冒油，赶着在截稿时间前把稿件交上去。商影年也不顾什么仪态，脱下鞋来连脚一同搁到暖气片上烤干。小邵也和其他人一样埋头在电脑前敲键盘写稿子，其间还不忘体贴地泡杯茶端给商影年。

商影年打开采编系统，在稿库中看着自己的稿子从主任库到总编库，然后进入锁定编辑状态。稿子想必已经到了总编辑尹年的稿库。等她醒过神来，手里的茶早已经凉掉。也没什么可惜，是最普通廉价的绿茶包，泡出来有种泛黄的绿色。曾经只喝台湾来的冠军茶，上千元一两的冻顶乌龙，但是也要趁热，否则摊凉了就不再有那高贵绵密的兰花香气，入口不过是一样的寡淡苦涩。

实在喝不下去，商影年呆坐半晌，最后倒掉冷茶，关电脑下班。走下大楼台阶的时候，看见漫天雪花正纷纷扬扬从墨一般黑的天幕无声而下，飘过车灯暖黄的光柱，落在地上。脚上的球鞋已经撑不到公交车站，她只好站在路边拦出租车，不多时雪花就落了满头满脸。

有辆车缓缓停在她面前，尹年一袭黑大衣从车上下来，目光正好对上商影年漆黑的眼睛。不知为什么，尹年无法将目光移开。她的脸冻得像纸一样白，鼻尖是淡淡粉色，带着焦急与惊讶的表情，让她看起来像那些陈列在橱窗里的娃娃。尹年没有说话，而她也只顾站着，看着尹年的鬓角与深不见底的双眼。

“来，让司机送你。”他扶着车门，示意她上车。没来得及拒绝，商影年已经在他的坚持下坐进车里。错身而过的刹那，闻到他身上淡淡的苦橙叶味道。原本回头想要道谢，却看见雪花已在片刻之间落了他一肩银白，一时之间竟忘记开口。

“下雪了。”在关上车门前，尹年突然弯下腰，轻声说。

司机问过地址，将车驶上车道。车厢内依旧有他留下的气息，商影年想起来，这是 4711 科隆水[1]的味道。恍惚中，只看见前面的两道车灯光，扫过街景、行人，照进不见尽头的夜色。车静静地滑行过喧嚷的街道，像是潜入沉沉水底，要在无边的暗中走出一条路来。

这纷飞的雪，是否就是光阴坠落的方式？如果我们就这样一同在雪里白了头发，算不算是白头偕老了一场？

1 科隆水即古龙水，是一种含有 2%~3% 精油的清淡香水，最早在德国的科隆推出。“4711 科隆水”是经典古龙水的代表，曾是法国皇室及俄罗斯皇室最爱的香水。

回到住处，陆巧鸣已经睡了。做广告，说穿了是问人要钱，她穿几千块一双的高级皮鞋，但走的路并不比别人轻松多少。商影年在小小的客厅里脱下自己的旧球鞋，没有开灯，独自在暗中坐了下来。被雪花打湿的头发贴在脸上，冰凉。到这个时候，才闻见大衣上那淡到几乎辨认不出的香水味道，锋利得如同依旧带着当年的玻璃碎屑。

黑暗中，往日的记忆纷至沓来。商影年感觉温热的液体再次蜿蜒流下脸颊，仿佛那一年的伤痕再次破裂。

在痛与盲之间，你如何选择?

-4-

即便结局遗憾的故事也常常有美好开场。

商影年依旧记得，她和傅政勋，他们曾有过一段很美好的时光。即便当时自己心底依旧有暗影，但是已经远隔无数时空，也就当作已经淡忘。

第一次与傅政勋相遇，是在牛津街的百货商店里，商影年买了一罐润肤霜，去柜台付账的时候把手提包忘在柜台上。顾客很多，售货员小姐忙着应付各种咨询，无暇顾及那只手提包。等商影年付完账回去，看见一个亚洲面孔的男孩子手里拿着她的手提包，正站在围满各色妇人的美容用品柜台前耐心等待。

从一开始，傅政勋就如此周到。

随后两人并肩去街角的咖啡店喝咖啡。他乡遇故知，仅仅是说同一门语言，就已觉得很是亲近。那天阳光很好。就像一个普通爱情故事的开场，他是帝国理工学院商科的高才生，年年努力不懈，论文都拿 A。和混日子的商影年完全不一样。

“其实我老早就看见你。当你忘记手提包的时候，我想，机会来了。所以抓住机会要与你结识。”傅政勋毫不隐瞒自己的心意，那时候商影年已经是他的女朋友，两人手牵手在校园里走。

“哼，无商不奸。”商影年正皱着眉研究他帮忙从图书馆列印出来的论文提纲和参考书目。她的学年论文，又只是刚刚好低空飞过而已。

“你自己也学商科，脑子却不大好使嘛。当初，我原以为你是学艺术。想不到，居然也是个奸商。或许你真该改学 Fine art 或者 Design。”[2] 可不是，及腰的黑色长发，巴掌大的小脸不带一丝修饰。最叫他迷惑的是她恍惚的神情，时时像在神游太虚。后来与她熟稔，知道在生活中她也习惯丢三落四。像极那种家境富裕的千金小姐，没什么非做不可的大事，来伦敦拿个艺术学位做嫁妆。

原本勤奋上进、来自平常人家的傅政勋从心底里看不上这类肤浅虚荣的女孩子，但是在一片莺莺燕燕里，他的目光只在数秒钟之间就已被她清澈眼眸锁住，再不能移开。

“学艺术？外面有多少艺术家饿肚子，你以为我不知道？”商影年对傅政勋的论调嗤之以鼻，“艺术气息哪有铜臭味好闻。”

2 | Fine art 和 Design 在这里分别指美术和设计专业。

“我养你啊，有什么好担心。”傅政勋回答得理所当然。

“哎，说到女人没脑子，我的下篇论文或者就研究香水品牌开发！真正的一本万利。一句‘我们贩卖爱情与梦’，就把一瓶香精卖到上百英镑，难怪大家都说女人的钱最好骗。”商影年依旧埋着头，专心致志研究手里的资料，好像没有听见他说了什么。

不知道是巧合还是讽刺，商影年在认识傅政勋这个男友以后才开始用心在学业上，她接受了这个主动出现在她生命里的男孩子，顺从地接受他的教导安排。只是她身上还保留着那种恍惚，仿佛与身外的世界总隔着一层看不见的膜。但是傅政勋不愿去深想，他训练有素，相信水滴石穿的古训，懂得要做的只是更努力地抓住她。他带她去伦敦大学同学会的地下会客室跳舞，去 Tate Modern 看画展，坐在 Piccadilly Circus 的丘比特喷泉旁喝冰镇可乐，到 Covent Garden 去看街头艺术家的表演……就像这城市里千千万万对情侣一样，幼稚而幸福。

所有情侣都会做的俗气肉麻事，他们也全不遗漏。

到现在，商影年还记得，被拥在一个人的怀里翩翩起舞的滋味。倦了，穿过铺着老旧地毯的走廊，走上一小段狭窄的转角楼梯，推开门来，会有一座小小的院落，里面种着葱茏的绿树繁花。踮一踮脚就可以看见隔壁的花园和花园尽处的白色房子，落地窗后面晶莹剔透的水晶吊灯亮了起来。倏忽之间，内心与那水晶一般清明，明白了心底的疑惑是什么：这一切就像陪在她身边的这个男孩子。

这样好的男孩子，却仿佛与己全无关系。她的心并不懂得什么是喜爱，更不懂因爱而生的喜悦。它只是茫然地，以不拒绝的方式接纳了他的存在。

可能是因为它习惯了寂寞，不再轻易受到蛊惑。

或者，它只是不想懂得。

傅政勋学成回国的时候，商影年还有一年才完成学业。他在机场不顾旁人侧目，紧紧拥住她不肯放手，一遍遍地说：“我等你回国，我等你。”

从投资部门见习经理到总裁的特别助理，傅政勋只用了两年时间。而商影年却再没有回到他的身边。

如果给他一个机会，在得到与失去之间做出选择，他会如何做？傅政勋在午夜梦回的时候，念着她的名字，喝下一杯杯苏格兰威士忌，仿佛答案就藏在酒杯的某个地方。但酒杯一次又一次见底，他从来没有得到问题的答案。

因为，傅政勋从来没有选择的机会。

从来，都是命运选择你，而不是你选择命运。

第二天上班，商影年顶着两只熊猫眼坐在电脑前想选题。桌上的电话响，她没看一眼来电显示，就拿起听筒放到耳边。

“是我，影年。”

谁？居然会劈头盖脸在办公电话里像肥皂剧男主角一样说：“是我。”但那喊她名字的语调却是再熟悉不过的。

“哪位？”

那边清一清嗓子：“这里是总编办公室，尹年……”

商影年这时候才反应过来，电话里那把低沉的声音不是在喊她的名字，而是他自报家门。

“哦，尹总。”商影年一下子坐正了身。

“昨天经济论坛的稿件，很精彩。”他停一停，才接着说，“另外，文化专刊部那边想要一篇外国博物馆的稿，你是不是刚从国外回来？”

“好，我来写。”

博物馆、美术馆，他们一起去过多少？躲在 Tate Modern 美术馆那间黑暗的房间里偷偷接吻，那年最成功的作品是 *The Six Angels of Millenium*（《千禧年六天使》），作者将童年溺水的恐惧幻化为美好天使，让他们以各种方式自水中横空出世，以此来治疗纠缠自身的梦魇，同时告诉观看者们，这世上有许多突如其来却其实必然的事。

商影年捶一下头，打散所有迷思，开始搜集资料。

下班前，离截稿时间还差半小时，稿子已经署了个假名字，发到稿库里。早早收工。

并无多少意外，下班在报社门口遇见了傅政勋，依旧是无懈可击的黑色套装，斜纹丝绸领带，白金腕表，周身飘着若有若无的科隆水味道。

虽知道他一定会找上门来，但商影年还是低头叹息，所谓多一事不如少一事。

“我们找个地方，坐下来说话。你的车呢？”

商影年笑了，你看，还有什么可以说？如今的工资付完房租，不够汽油费、保险与泊车费，于是走路上下班。与陆巧鸣合租的住处，因为贪图租金更低廉，所以选了朝北的那一间，终年不见阳光。

“你不能这样生活，影年，我这么爱你。”

这样的生活？怎样的生活？所有没有条件锦衣玉食的人都在堕落？

“我做什么与你没一点关系。”商影年的语气变得冰冷。

“我做错什么？”

“你做过最错的事情，就是认识商仲恒。”

“影年，他是你父亲。而你因为这个拒绝我，我很无辜，你不这样觉得吗？”

“对不起。”商影年垂下头，姿势里全是不能再掩饰的疲惫与一点点歉疚。这场战争旷日持久，虽非夜以继日，却一样在无声无息之间侵蚀掉彼此的精力。是的，傅政勋从未欠过她，而是一再付出关怀。他甚至也从没有欠过商仲恒什么，一砖一瓦都是他亲力亲为，以血汗和智慧换来。今日仲恒基建的江山，有他傅政勋不可忽视的一份。如果说他物质主义、自以为是，那也不能全怪他，因为他就是在这种环境里打拼过来的。

虚伪即是体面。如果你不懂得适时摆架子，即刻有人过来踩低你。

但，很遗憾，她不能回报他同样的深情与激烈。

“除了律师，你是知道遗嘱附加条款的第三个人。”

“是，我确信自己知道，所以一早已经做了选择。”

“影年，我们一定要站在这里说话吗？”正是下班高峰时间，大厅里人潮涌动。

“有什么不好。”商影年已经失去耐心。她急于摆脱他，像是摆脱某件会灼伤她的东西。傅政勋不会伤害她，但是他来自那个世界，他是一个信使，带来了能灼伤她的讯息。如果可以，她选择闭塞视听。

“你不能这样生活，影年！”

不能怎样？不能放弃你，选择自己的生活？原来当送上门来的选择太好，连拒绝都成了罪过。

商影年抬起头来的瞬间，苦笑滑落唇角。她看进他的眼睛，一字一句地说：“傅政勋，我这样很好。”

傅政勋正要发作，听到身后有人喊：“商影年？”

商影年吁一口气转身，是总编辑尹年。他这个时候来上班，这么说，今天的版面是他值班签字。

“请问博物馆那个稿子，好了吗？”尹年问，语气温和。然后朝傅政勋微微颔首，算是打过招呼。

“已经好了，尹总。”商影年觉得场面尴尬，红了面颊。

“麻烦你了。”尹年道谢，却并不急着离开。适才他清晰地听见她高声说“我这样很好”，原本已经准备上电梯的自己，因为这句话留了下来。让他内心震动的是，面前这个看起来不过二十出头的女孩子，目光中却有无尽苍茫，让他不由自主停下脚步。

最后，尹年听见自己说：“还有一篇稿件，是市里下午才传真来的通稿，我想与你商量一下，十分钟后在我办公室见，可以吗？”

商影年漆黑的眼眸闪过一丝讶异，然后飞快地答道：“当然，我现在就跟你回去。”

“对不起，我有工作。”商影年抛下呆立一边、无计可施的傅政勋，随尹年朝电梯走去。

尹年伸手按下楼层按钮。电梯门缓缓阖上的时候，他清了清喉咙才说："打扰你休息了，现在是晚饭时间。"

而商影年却低声答："谢谢。"

两个人，谁都没有抬头。电梯一节节往上走，就这样走进茫茫然未知的将来里去。

-5-

早上出门的时候，雪只是零星，待商影年从地铁站出来，却已经纷扬密集、无可躲避。十多分钟的距离就落了厚厚一肩的雪。站在楼下大厅的地毯上，商影年用力跳三下，抖落身上的雪花，然后忍不住开始笑。

小邵已经抽空帮商影年办了公交卡，还反复交代她要看对站名再下车。不晓得她们两个到底是谁跟着谁混。寒假很快到了，小邵回学校赶论文，走的时候老气横秋地对商影年说："你好自为之，等我回来。"

时间还早，电梯里空落落只有她一个人。看着电梯门上的影子，觉得有一点点孤独。记得有一次是什么节日，喝了点酒，曾经对陆巧鸣说过这样文艺的对白。巧鸣笑骂："有什么呀，这么多年，我不都是一个人走过来的？！"

也对。你做了选择，于是你接受孤独，接受寂寞，接受匆忙的脚步，接受暗夜的寒风，接受痛哭的时候将过去忘却。

或许我们并不怕寂寞，只是怕冷。一个人的时候，会觉得冷。就这样，我们在生活里拥有了一副严厉的表情。许多年以后，会不会有人过来俯身对我们说：我爱过你年轻时欢畅的笑容，但是我也不介意你这被工作摧残过的倦淡面容……

雪在中午的时候停了，办公室里也有了来回走动的人。方主任在自己的办公桌前扬声道："商影年……"商影年放下手中的水杯前往朝觐。

"什么事，主任？"

"这里有个通稿，你改一改，传到要闻版上去。"他拿过一个文件夹，递给她。

"还有，留一份签样给我。"

商影年回到自己的座位，打开那文件夹看了起来。是开发区某外企装配车间建成投产的新闻，并不算有多少新闻性。但方主任已经吩咐要留签样，想必是准备好了要见它上版的。商影年花了整整一个下午，才把这篇枯燥无聊的新闻处理得得当体面，传到稿库中去。

下班前，商影年再检查稿库，却发现那篇稿件被退了回来。心下不禁疑惑，这还是她的稿子第一次被退回。此时办公室里还有一个同事在赶稿子没下班。商影年过去向他请教。他速速浏览一遍稿件，道："这样的稿子，一般不给发。所以这样的场子，我们都不去，老总们最反感这样的东西，去了也写不出新闻。"

"为什么？"

"这是软文稿，你拿了多少红包？"同事问，语气不是不惊讶的。

商影年愣一下，立即明白了个中缘由。软文稿，也就是广告稿，如何上得了社会新闻版面？老话说，柿子挑软的捏。上司去赶场，红包早进了自己腰包，烫手山芋却丢给她商影年。

“这不是我去赶的场子。”商影年无奈地说，“现在应该怎么办？”

同事看着她无奈的样子，心下也明白了：“如果这稿子扣在手里，电话早晚被广告部与公关公司打爆。广告部商业软文、公关稿、广告最后都得由老总签字批准才能上版面。你或者找广告部老总签字，或者去找今天值班签版的老总也行。”

截稿时间快到了，过了截稿时间，有谁的签字都没有用。商影年从办公网络中查到钱主任的分机号码，拨过去。

“钱主任，你好，我是商影年。这里有份软文稿，需要广告部老总签字……”

“商影年？好久不见。”钱主任居然还有心情寒暄，“顾总今天不在广告部，他出差去了。软文稿都要传真过去给他，等他确认给回音。不过现在时间怕是来不及了……”商影年来不及听他在说什么，道声谢挂了电话。如今只有最后一个选择。她起身，将稿件打印出来，然后硬着头皮去尹年办公室。

尹年似乎并不惊讶看到她，只是将那份该由广告部签字的稿件拿在手里，逐字仔细看着，却不说话，也不签字。

商影年以为他会抬起头来，责问那样的应酬为什么要去，这样的商业稿子为什么要写。更害怕他如此这般地沉默着，心中却怕是已生出对自己的轻视：又是一个急功近利的属下。最叫她难过的是，如今自己连解释的资格都没有。一时之间，只觉得双眼刺痛，喉咙干涩。终于按捺不住，转身往办公室门口走。刚走到门口，却听见尹年在身后说："身不由己的滋味，我清楚。"声音不大，却一字一字落在商影年心上。

商影年不敢回头，怔一怔，才快步穿过走廊走进尽头的卫生间，打开水喉，掬起冷水泼湿自己早已经滚烫的脸。

待镇定下来回到办公室，采编系统依旧开着，那篇稿件却已经被调出自己的稿库，签发上版，此刻正在总编库中处于被编辑状态。

又一次，因为尹年，她得以逃出生天。在办公桌前枯坐半晌，只听见自己血管中血液快速流动的声音。再抬起头的时候，窗外的夜色已经开始降临。

收拾妥当下班，此时却想起傅政勋的话：你不能这样生活，影年！

是的，你甚至还不够了解它。商影年按下电梯，同时垂下头来。

"下班了？"耳边一把熟悉的声音，是那个她此刻最不想看见的人之一，尹年。

"那你……是怎么做的？"她听见自己突兀地问。

"什么？"

"当你身不由己的时候。"

"看给我什么好处。"他挑起一边眉毛。正当商影年疑惑地回头，他却已经笑了出来，"请我吃夜宵，我就告诉你。"

也没问他喜欢吃什么，商影年就近找一家小吃店坐下，点一份刀削面。尹年效仿她，也点一碗，外加一份炒年糕。还没有过晚饭时间，小店里热气腾腾，有油盐酱醋的香味。尹年卷起袖子，埋头大嚼。看着他坦然自若的举止，商影年想起自己那次在报社的尾牙遇见他，与那时候的他相比，面前的这个男人一样是那棱角分明的俊朗面貌，但是又有什么，变得不同了。

不到一刻钟两人就已经将各自碗中的面吃完，连面汤也喝得涓滴不剩。上班，是体力活。说是商影年请客，最后却是他付的账。两人走出小吃店，天色已经黑透。

路边积着雪，空气凛冽清透，深深吸一口，让人觉得神志清明，分外振奋爽利。

“你是不是要回去签版？”

“还有半个小时时间，半个小时以后等签字的版面就上了。一般这个时候，我都会在附近走走。”路过 24 小时便利店，他二话不说拐了进去。商影年尾随他走了进去。见他拿两瓶矿泉水，拧开瓶盖，将水放在微波炉中，加热时间调到一分钟。

便利店中明亮的灯光下，商影年禁不住细细看他的侧面。他专注的时候，睫毛在眼角投下暗影。

“其实，我想与你商量一件事情，不知你是否答应考虑？”他的目光专注，依旧停留在微波炉中转动的矿泉水上。

叮一声。微波炉的噪声突然停息，尹年取出矿泉水，递一瓶给商影年。

“什么事？”

“我想将你调到社会新闻部。”他依旧没有转过头看她。

“我……可以考虑一下吗？”

“当然，我等你答复。”

商影年将温暖的矿泉水瓶握在手中，轻声与尹年道别，转身离开。

尹年站在路边，看着她消失在夜色之中。心底有个声音在说："现在，我可以回答你：当我身不由己的时候，我决定听从自己的心。"

-6-

星期天的早晨，春寒料峭。住处的空调制热功能不好，商影年带着笔记本电脑与报纸去咖啡馆吃早饭，同时享受免费暖气。中途顺便将穿了一年的厚外套送到楼下的干洗店清洗。出门的时候，陆巧鸣的房门紧闭，她还在睡。商影年留了字条在桌上。

因为时间还早，咖啡馆里并没有什么人。商影年熟门熟路，在靠窗的角落坐下，菜单都没有打开，就挥手叫来服务员点单。咖啡馆的落地窗外是一方小小的院子，靠窗的角落挖出一个数平方米的水池，池中养着几条花鲤鱼，常年在水波间悠游。商影年点一杯咖啡、一份烤华夫饼，打开笔记本电脑看新闻。

室内暖气很足，蜜色的阳光照过来，渐渐有仲春的错觉。

商影年一直喜欢这家咖啡馆，虽然咖啡并没有那么好，华夫饼时常会烤得有一点焦，播放的背景音乐总是那张钢琴协奏曲。但这里有巨大的落地窗，开阔明亮，坐在无人理会的角落，仿佛身处远离城市的孤独岛屿。

就像数年前的此时在伦敦的日子，英格兰早春的光华透过绿叶，洛在地上。傅政勋回国，很快找到了工作，他没有透露更多细节，但电话里的声音是踌躇满志的。放下电话，论文写不下去，商影年就独自坐在住处的窗前，将手贴在冰冷的窗玻璃上看街景。心里那样静，没有一点波澜。或许那是因为遥远，这因为遥远而产生的寂静里，或许还有分离的孤独，但自己却并不知晓，只是觉得，心沉下去了，思绪却在树影间随着风飘远。

就在那些时候，商影年的头发越来越长，也不再记得要去修剪。体重开始增加，带着些许不太相信的疑惑，渐渐感觉到自己举止的迟钝。慢慢地，从餐桌前站起来；慢慢地，在那个路口转身；慢慢地，在这个博物馆与那个美术馆之间消磨了一天又一天；慢慢地，失去了他留在皮肤上的温暖……

傅政勋，我爱过你吗？

用心爱过吗？

为什么，你在的时候我依旧感觉心像是空的？牢牢占据着这空洞的失落，究竟要用什么来填补？

晚上回去，陆巧鸣正窝在沙发上看碟。商影年挤过去一起看，见茶几上有啤酒，伸手开一罐，仰头灌下。电影是《最好的时光》，张震和舒淇扮演的男女主人公总是不停遇见，不断相恋，又留下无尽怅惘，真不敢相信世间还有这样牵扯的爱情。

商影年惆怅地想，我们遇见谁，然后又失去谁，究竟是由谁来决定？

电影节奏很慢，两人有一搭没一搭地边看边说话。

陆巧鸣突然说："存够钱，我就买房，嫁人上岸。"

"新闻老说房价涨，早买总是好。"

"你呢，你有什么打算？"

“没有人问过我这么长远的问题啊……”商影年伸一个懒腰。

“你现在有工作，这工作还算稳定，可以想想以后了吧？”陆巧鸣转头面对商影年，“我知道你没想过要当记者，不过现在不是做得也不错？其实怎么过都是一辈子，少折腾为好。”

“事情已然如此，那你说，我要不要去做社会新闻记者？”

“什么？”陆巧鸣放下啤酒罐，目光炯炯，“你要换部门？”

“嗯，我在想要不要去社会新闻部。”

“发生什么事情了吗，有谁建议你这样做？”

“换岗在报社很普通，我已经在地方商业新闻部快半年，换个部门，也不算什么。”

“真的没发生什么事情？”

“有啊，老板吃人，同事倾轧，人间惨剧……这些你不是比我清楚。”商影年打太极。

“影年，真那么不开心，你也不要勉强，我帮你留意别的工作就好。”

“巧鸣，你对我真好。”

“是啊，是上辈子欠你很多。”当年商影年拖着一只行李箱到中介公司找房子，要求是“越便宜越好”。一旁正找室友的陆巧鸣见她迷迷糊糊地被巧舌如簧的中介糊弄，过去开门见山地问：“要不要和我住？”商影年抬头，只见一个穿职业装的短发女子正气势汹汹地看着自己，想也不想就点头说：“好！”陆巧鸣立即上前拿起商影年的行李箱说：“走！”中介目瞪口呆地看着她俩，大概怎么都不会料到她们就这样在同一屋檐下当起了姐妹。

“巧鸣……”商影年将脑袋搁在陆巧鸣肩膀上。

“什么？”

“你放心，没什么要紧的事。我应付得来。”

“有事，要记得和我说。”

“没事，也会和你说。”

“没事你就不要烦我，你以为广告高级客户经理的头衔是个摆设吗？”

“你升了高级客户经理？”

“难为你还记得我是做什么的。周末，我请你吃饭，记得留时间给我。”

商影年大叫一声，双手伸向陆巧鸣的腰际，两人在沙发上闹成一团。

星期一，黑色星期一。

“这稿件是怎么回事？”方主任晨会回来第一件事，就是用尽全力将签样与当天的报纸扔在自己光滑锃亮的办公桌上。

“主任，按你的吩咐，发到新闻版，我也留了签样给你。”

“我是说署名！”方主任用食指敲过签样，又敲向报纸，仿佛要将自己的办公桌凿出洞来。

商影年记得签样上面没有署名，只在开头写了“本报地方商业新闻部讯”。她斗胆拿过报纸来看，那条新闻的署名赫然写着“方明华”。可不是方主任的大名？

“我们部的新闻，不少是我找来的线索，我指导你们写的，但我是你们主任，就不用分你们的稿分了，署你们自己的名字就好。这是规矩，你不知道？！”

“主任，对不起……”电光石火之间，商影年知道了事情的原委，但她知道任何辩解都不会有用，唯有万分愧疚似的认真道歉。

报社里那么多部门的主任，还有谁亲自出马写新闻，还是有偿的商业软文？方明华为了红包重出江湖写新闻的事，成了报社内部当天真正的头条。

同事跟在商影年后面，闷头说：“小商啊，原来你也有尾巴。”

商影年照例不辩解，神色认真地说：“小心，别踩到。”

整个地方商业新闻部一整天都是低气压，商影年在办公桌前枯坐到下班，拨通了那个电话号码：“尹总你好，这里是地方商业新闻部商影年。我能不能请你吃晚饭？”

依旧是刀削面和炒年糕。

“方主任的名字，是你加上去的？”

“你下班了，方主任电话没有人接，那家制造商和我们报社有业务往来，我就让广告部给对方公关打了电话，公关说是方明华主任负责这个稿件。自然，署他的名字。”

商影年叹息：“你故意的？”

“值班主编要对上版面的每个稿件负全部责任——还是没把你的名字写上，你生气了？”尹年头也不抬，吃他的刀削面。

“你故意的。”商影年下了结论，拿起筷子开吃。

“不好意思，害你背黑锅了。”尹年却停了筷子，语气认真地说。商影年疑惑地抬头，却发现他的眼中全是笑意。商影年禁不住暗自寻思，这人究竟知不知道自己的笑有多好看？还有，他的笑容背后藏着多少坏心思？

“现在报社上下都在说，方主任做有偿新闻。依他的脾气，大概是不会就此罢休，如果怕穿小鞋，就考虑换部门吧。”这话几乎算得上恐吓了，但他依旧在微笑。

商影年啼笑皆非，但好胜心上来了，一时之间不想认输：“我倒很想在挫折中锻炼一下自己。”

“你觉得，到底有无必要浪费时间精力，吃那些不值得的苦？”

“老师教导我们不要做温室里的花朵，要像路边的野草那样勇敢经受大自然的考验。”

“野草不也就一岁的枯荣？温室里的花本来就不需要经受什么大自然的考验，它们生在温室，有自己的使命。”尹年说话的语气故意学得像学校里的训导主任。

“什么使命？”商影年抬头，放下手中的筷子。

尹年也放下筷子，满脸像是认真思考过的样子。“比如说，要努力长得比野草好看，比野草有用。”他专注的目光看进商影年漆黑的眼睛，仿佛是在和那深处的另一个人对视，“我想调你去社会新闻部，首要的原因，是因为我觉得你会是个好记者。或者你更喜欢写通稿和软文？”

“那次要原因又是什么呢？”

“次要原因你可以忽略，抓住重点就好，那才是新闻价值所在。”次要原因是，他不想看她这么辛苦，在庸碌的人手下踩着荆棘朝前走，白白浪费掉自己的才华。

“社会新闻部工资会比较高吗？”

“全报社实行一样的薪酬制度，按稿分定奖金。不过，交通费补贴是比地方商业新闻部高不少，因为随时有机动新闻线索需要跟踪。”

“听起来倒是比商业新闻记者更像路边的野草嘛。”商影年叹息。

“你不是正好喜欢锻炼吗？就这么说定了，我明天去地方商业新闻部要人。”

这顿晚饭，依旧是尹年付账。

走出餐馆，商影年口袋中的手机响。一看显示，是陆巧鸣，赶忙拿起来接听，手忙脚乱之间踩错台阶，瞬时失去平衡。身后有人快步上前，牢牢扶住她手臂，将她的重量都转移到他怀中。

是尹年。

一等她站稳，他就速速收回手去。

商影年不敢抬头，仓促道了谢，徒劳地想将自己满是红潮的脸藏在长发的阴影中。再次拿起电话放到耳边，电话那头的陆巧鸣却已经挂了电话。商影年正在疑惑，却听见尹年在耳边说：“那是你的朋友吗？”

马路对面，站着陆巧鸣和广告部钱主任。路灯下，两人的脸上满是掩饰得不够好的惊讶。

如果没有你

The One I Love

Chapter 2 失去与获得

是谁说过，如果此刻不能够寻获
你的心，那么就将永远失去？

Chapter 2

-1-

商影年不大记得自己怎样上了钱主任的车，只记得尹年确定她安然无恙才松开手，然后他和钱主任、陆巧鸣简短地打了招呼，回去办公，依旧是那副坦然自若的神态。

等商影年回过神来，已经置身宽敞的后座。陆巧鸣则坐到了副驾驶座上，她指挥钱主任驱车在街道上左拐右拐。车里只有暖气的声音，还有空气清新剂散发出的不太真实的橙子味道。

“我们今天去吃什么？”过半晌，商影年终于打破沉默问道。

“火锅。”钱主任简洁地回答。

“我升了职，原本说好周末我们庆祝，但刚才去见个客户正巧路过报社，想起来干脆找你吃饭，居然遇上钱主任。”陆巧鸣细致地解释，“上次介绍你进报社后，还没时间好好请钱主任吃顿饭，真是巧，对吧？”

“是啊，真巧。”钱主任应道，旋即住了嘴。

车内恢复那一片带着细微杂音的寂静。

钱主任突然想起来似的，伸手打开了车载音响。音乐声悠扬地响起，大家这才齐齐松了口气。音箱应该是有一组在车尾，商影年听见一个声音在她脑后轻声地唱一首旋律老旧的歌，副歌部分仿佛再耳熟不过，张了几次嘴，却始终说不出那个名字来。只觉得仿佛自己与周遭的世界隔着一层纸，身边的一切都是那么模糊而遥远。

但她真真切切地记得那一刻她和尹年这样接近，近到清晰地听见他的心跳。

她也曾经被另一个怀抱更紧地拥抱过，但从不曾这样迷失。她曾经如此清醒地看见沿途那些大同小异的风景，那些无关紧要的生命曲折，那些流淌而过的琐碎时光……

商影年环起双臂，不断用力直到手指深深嵌进皮肤中。她努力想要抱紧自己，想要蜷缩进安全的黑暗中去。她不知道内心不断涌起的悲伤是为了什么，那些忐忑与不安又是为了什么。

此刻她感激陆巧鸣什么都没有问，因为她甚至不知道该如何应对自己。

是谁说过，如果此刻不能够寻获你的心，那么就将永远失去？是谁说过，所有的爱情故事，都有个伤感的注脚？

商影年望向窗外，树影之上，城市上空此刻正静静悬着一轮满月，它明净得就如同一滴摇摇欲坠的泪水。

或许我们应该懂得，有时候一些光会熄灭。然后，另一些光会被点亮。

火锅店里浓汤重酱，水汽氤氲，钱主任做主点了鸳鸯锅，陆巧鸣负责点菜，两人有商有量，不时问商影年意见，她一律点头说好。

菜盛在竹编小篮中陆续上桌，不多时全身已沾上锅底味。钱主任非常有风度地帮两位女士烫海鲜，不老不生，火候掌握得刚刚好。商影年因为有心事，迷糊地接受了他的殷勤。而陆巧鸣则是为着精心维护她的成功白领形象，一点矜持以及一点温婉，还要适时给男人表现的机会。

钱主任在饭后坚持送商影年和陆巧鸣回家。陆巧鸣让他在街口停了车。两人下车步行，路灯将影子在身后拉成长长的直线。

“你和尹总……”陆巧鸣忍了一晚上，到底沉不住气了。

“他想调我去社会新闻部。”

“你们……”

“只是谈工作。”

“没有别的？”

“没有，我上班半年，只见过他三次。”只是似乎每次，他都在帮她解决问题。

“三次？”

“泛指次数很少的意思。”夜风一吹，商影年渐渐恢复神志。

“影年，你知道报社这种地方，流言的传播速度与传播范围和细菌是相等的吧，或者干脆传得更快速更广阔。你要当心。”

“但如果不是事实，那又有什么关系？”

“你这样的性格会吃亏。”陆巧鸣有些恨铁不成钢。

“好，我会小心。”

“和领导的感情自然要好好培养，这是职场上最值钱的资本。只是以后不要在公开场合和他太接近。高手都来暗的，你知道吗？”

“什么明的暗的，我估计一年也见不到他几次。”

“是啊，这么难得还让我碰上……”陆巧鸣从鼻子里哼一声，对商影年这种鸵鸟战术很是不屑。

“那陆小姐你今天有没有去买六合彩呢？”

“我陆巧鸣的人生才不靠撞大运，天地良心，全是血汗钱。下次你偷吃也要找离报社远一点的安全地带知道吗？”

“喂，什么偷吃，说这么难听。我和他谈换部门的事情，我光明正大吃刀削面！”商影年怪叫。

“吃什么不重要。总之，你要注意。什么身正不怕影子斜，鬼才信，这年头绝对众口铄金才是。喂，你和那个尹总真没什么？”

商影年拖长声调：“N——O——NO！”

“可是领导安排下属，不就和摆弄萝卜青菜差不多？换个部门而已，他老人家要是做了决定，哪里还用和你这个小兵商量？”

“我们报社讲民主。”商影年理直气壮地答。

“讲民主……”陆巧鸣对商影年的幼稚嗤之以鼻，知道和她讲不明白，于是干脆在那边喃喃自语，“钱主任应该也不是个乱说话的人，至于那个尹年嘛……江湖传言是百毒不侵的狠角色啊。不过，影年你啊，打牌不按牌理，或许还真是个能出奇制胜的厉害人物呢……”

商影年不理她，快步奔回到住处倒头睡下，失去意识前的最后一刻，想起尹年对自己说：“我明天去地方商业新闻部要人。”

他说到做到。第二天中午人事部就已经在内部网络发布正式通知，原地方商业新闻部记者商影年正式调入社会新闻部。即时有人过来帮她更新电脑系统，清理办公桌。方主任非常适时地出门去了，相处半年有余但仍叫不全名字的“旧”同事们客气地放下手边的工作来和她道别寒暄。其实还是在一个大屋檐下，只是换了小门庭。

就这样，商影年毫无离愁别绪地离开了地方商业新闻部办公室。

社会新闻部是全报社最大的部门，所有二十多号人共用一间大办公室，彼此的办公桌以玻璃隔板分隔，看起来与一般企业并无大区别。比起偏安一隅的地方商业新闻部，这里多了几分开阔的气势。因为大家都在同一个办公室办公，要有事情，各自在办公桌前喊一声就行，真正是鸡犬相闻，内线电话都用不上。

商影年将办公用品收拾妥当，到社会新闻部王主任桌前报到。王主任的办公桌就在办公室角落，比一般记者的桌子大出几码，堆满各色杂物。匆匆扫一眼，已看见不下十个文件夹与数包泡面。

王主任是个清瘦黝黑的中年人，衬衫袖口卷到手肘，雷厉风行的样子。他吩咐商影年留下名字和手机号码，然后把她的名字排进晨会值班名单。

“周四如何？”他问，“周四由你负责报选题，记住不能迟到。”

“好。”商影年暗自在心里做笔记。

“有没有跑过社会新闻？”王主任又问。

“没有。”商影年老老实实回答。

“没所谓，关键是你能跑会钻，懂得发现，吃得了苦。”

这些都是没所谓的事？商影年在心里打一个突。

“有什么不懂，尽管问。大家抢新闻，管不了那么多繁文缛节。要是工作遇到不开心，在所难免，别气馁，更别放心上。”王主任笑得随和，他丝毫没有要过来和商影年套近乎的打算，句句话没脱离工作。商影年暗自庆幸，觉得自己弃暗投明了。

正准备回办公桌，王主任出声喊住她：“小商，办公室不准吃零食，对女孩子来讲是严苛了点，但你知道，零食招老鼠，会破坏电路系统，很不安全。啊，不过泡面嘛，泡面是允许的。”

商影年连忙把这条戒律也牢牢记在心上，转身就躲进卫生间给小邵打电话：“我转社会新闻了，你回来或许不能跟我跑新闻。还有，你知道报选题是怎么回事情？”

小邵在电话那头叹息：“跑社会新闻？很辛苦的事情欸，不过也很见成绩。”

“那选题会呢？”

“嗯，那是晨会时候要做的事情。报社早上会有一次晨会，编委会安排当天要关注的大新闻，下面各部门也可以把计划要跟的新闻选题报给领导知道。一般下午还有一次编前会，不过那是编辑们的事情了。”

“晨会是几点？”

“早上九点半吧？记得不能迟到。”

“那我怎么知道别的记者要报什么选题？”

“进了社会新闻部，你的手机号码会记录在信息系统中，到时候社会新闻部别的记者会把他们的选题发送给你，新闻热线有新闻线索进来，接线员也会把相关信息发送给你啦。”

挂了电话，商影年依旧懵懵懂懂，想起尹年昨天在桌子那头说：“你觉得，到底有无必要浪费时间精力，吃那些不值得的苦？”

究竟有没有必要？心底居然有福祸未知的忐忑。

但起码，从此摆脱那个喜欢把手搭她肩膀上的方主任，光这一点就算是赚到。如今赶鸭子上架，也只有见招拆招，摸着石头过河了。

自从进入社会新闻部之后，商影年才知道原来这个世界上每天都有那么多离奇的事发生：一夜之间消失的公共厕所啦，试图将整个书报亭偷走的蒙面大盗啦，走错家门却报警说自家门匙被换的糊涂家庭主妇啦……同部门的记者在办公室讲述着各自收到的有趣新闻线索，屡屡叫人喷饭。她还知道的一件事情是，以后自己不是半年只见尹年三次，而是每周都会见到他。

晨光中，尹年精神奕奕地坐在会议桌的一侧听选题申报，言简意赅地给出修正意见或者指示相关部门配合。商影年发现，每当他专注思考的时候，就会用他修长的手指轻轻叩着桌面。

日光偏移了，商影年注视着他在阴影中凝神细想的安静侧面。那里面有着一种莫名的力量，叫人折服，让在会议室另一头的她就如此坚定了追随左右的决心。

是什么支撑他走过这么远的路，到达这里？

他是否也曾疑惑？

藏在这平静外表之下的，会是怎样的一颗心？

商影年并没意识到自己正神情困惑地注视着尹年，直到他不期然地抬头迎上她的视线，才仓促收回目光。

所以，她没有看见尹年悄悄弯了嘴角。

-2-

商影年记得自己小的时候，并不喜欢进化论。她躲在自己的卧室里看完一套又一套Discovery纪录片[1]，其中有一集探索生命起源的各种可能性，并介绍了一种未被大众接受的理论：生命来自海洋，而人类可能是由海豚进化而来。这个小小的安慰让年幼的商影年觉得很满足。她愉快地守着这个小秘密，并没有拿它来说服同学或者老师，只是觉得这个秘密将自己和别人区别开来。四下无人的时候，她会偷偷抬起手来抚摩自己颈后的颈椎骨，感觉着那本该是气孔的位置。

长大以后，商影年渐渐明白了年幼的自己是怎样先知先觉地预感到了自己的命运，并带着想要改变预言的坚决与绝望，想要否定那些即将到来

1 即探索频道纪录片。探索频道是由探索通信公司（Discovery Communications）于1985年创立的，主要播放流行科学、崭新科技和历史考古的纪录片。

的将来。

因为达尔文的理论概括来说，只不过是这么一句：因为我们的祖先生存下来了，所以我们存在，并成为我们现在的样子。

你并没有选择的机会，也没有必要问原因。

这无穷尽的欲望和失望。

这些伤与痛。

那么沉重，却其实连一个原因都没有。

而最近城中的热门话题正是这么一个进化论的产物，一个“毫无责任心、品德恶劣的男人”，这个不幸故事的女主角叫顾西云。

二十四岁女孩顾西云脑中发现肿块，压迫神经，需要立即做手术去除。但是已经怀孕近四个月的她，担心手术中的深度麻醉会影响胎儿，于是决定延后手术，却在怀孕八个月的时候突然陷入昏迷。昏迷后，剖腹产下一女婴，但是自己被诊断为神经中枢损坏，余下的人生将永远成为植物人，缠绵病榻。女孩的男友在知道诊断结果之后，提出支付一笔赔偿金，以此了断和植物人女友与孩子的关系。

同城报纸纷纷刊出评论，谴责男方这样寡情无义的行为。一时之间，满城都是喊打之声。

王主任将商影年叫到自己办公桌前，说：“小商，这个报道，我想让你去跟。我们已经迟了一步，场面十分被动，你打算怎么做？”

商影年低头想一想：“我先去看看，亲自见过，才能知道该如何处理。”她拿了顾家地址，上门去。上楼之前，在路边水果铺买了一篮水果。

顾西云已经从医院回到家，母亲是个身形瘦削的中年妇人，不过是五十刚出头的年纪，头发却已白了大半，守在床边看着女儿，已经没有眼泪。顾西云仿佛是陷入沉睡，面容温婉静谧，对亲人的悲伤与身边的一切纷扰毫无知觉。孩子由保姆照料，睡在另一个房间里。

商影年在角落找一张椅子坐下。

“我比西云大三岁。”商影年开口道。

中年妇人帮女儿拂开脸上的一缕碎发，从床边起身，坐到商影年身边来：“商记者，你能来看小云，已经很感谢，还劳你破费。”

“应该的。顾妈妈，最近有很多记者来过，是不是？”

“我都没让他们进门。那些人太吵。当初在医院，已经让我们很为难。”

“你怪不怪她？”商影年问。顾西云为了自己的爱情，让父母操碎了心。

“怪谁，我女儿小云吗？”她笑了，“还没有人问过我这样的问题。但我告诉你，为人父母，本就是件操心的事情。你不能因为自己是父母，就要求子女什么都听从自己。”

商影年看着她疲倦的侧面，细想她的话。她也有父母，可是他们并没做到如此大方。

“我和她爸原本不赞成他们两个这么早就在一起。太年轻，工作都没定。但是她倔强，跟定了他。后来有了孩子，我们的意见是尽快结婚。但是，她说，要等工作稳定一点，起码靠自己的工资办桌酒。事情就这样耽搁下来……”她叹息，“后面的事，谁也没料到。”

“那孩子……”

“我们老夫妻还有点积蓄，也还有点时间，应该能照顾到她成年。”

“那孩子的父亲呢，你们接受他的决定？”

“这个事，听说报纸上都在讲。我们已经不看报纸了，没料到这点事会闹这么大。那个年轻人，一开始也是死心塌地说要照顾小云，但是在这里住了还不到两个月，已经崩溃。就算他寸步不离小云左右，小云也根本听不见他的声音。再加上还有个孩子，天天哭闹不止，谁愿意这样过一辈子……”

商影年抬头，看着窗外炎夏的晴空，一丝云都没有。

“据说报纸上大家都骂他，我却要为他说句话。虽然他对不起我女儿，但这不能算是他的错。年轻人毕竟年轻，都不愿意相信，设想和现实总有很大差距。”顾西云的妈妈看着女儿，缓缓说下去，“可我们不一样，已经活了半辈子，知道的道理多一点，能担待的，也就多一点。我们不怪他，毕竟，他还年轻，他有重新选择的自由。”

商影年坐了一会儿，记下顾西云妈妈的话，起身告辞。

天边是壮烈的血一般的火烧云。气温很高，走不多时，已经是一背的汗。

商影年慢慢走着，走过一条又一条街。喧嚣的市声里，她感觉到个体的渺小。世事纷至沓来，砖头一样砸在脸上，我们空着双手，如何应对？

谁都是这样，到后来才渐渐学会该如何原谅别人的差错，又该如何解决自己的祸患。只是我们，究竟是否可以拥有重新选择的自由？

回到报社，商影年先去洗手间，拧开水喉，让凉水浸湿脸颊，那舒爽的凉意让商影年清醒过来。看着镜中自己的脸，商影年笑了：亲爱的达尔文先生，现在我又感到十分高兴，高兴我们都是自然的造物，我们都不过是人。

我们的肉身与感情终不用永垂不朽。我们的愧疚，也同样如此。

回到电脑前开始写稿，她从顾西云拒绝父母资助、延后婚期写起，以及男友开始时如何信誓旦旦，最终又是如何在病榻前却步。

最后她向所有阅读这篇报道的读者提问：你是否真的确定，自己可以预见生命的无常，又有能力解决现实中一切难题？

困难面前，你是否也曾退却，是否也想过要走捷径？

如果，还有一次重新选择的机会，你究竟要不要？

写完稿子，商影年没等王主任的回复就下了班。在路边便利店买一瓶水、一块面包，坐在路边长椅上慢慢吃，权充晚餐。而十七楼会议室的编前会议上，尹年正指示值班编辑将商影年的稿件安排到社会版头条。

散了会，会议室里只剩下尹年和王主任。

“这样处理，你觉得是否妥当？”尹年开口问，语气却是万分笃定的。

“不用说，我们一定能后来居上，风头压过那几家同城媒体。”

“王主任，你指挥有方。”

“尹总，你说笑了。这个人才，可是你一手栽培起来，再移到我地头上的。”

尹年的手指，轻轻叩着桌面，而思绪却早已飞到遥远的某处，她漆黑的眼睛，曾看进他灵魂深处。然后，又一步一步退到边界的另一端。

“尹年，我们认识快二十年了。”

“什么？”尹年回过神来，问。

“我不知道是什么。需要找人喝一杯的话，尽管说话。”

“莫非我有哪里不对劲？”尹年挑眉。

“恰恰相反，我好久没见你这么开心。”王主任合上笔记本，起身告辞。

第二天才刚上班，报社的热线就已经被打爆，网站上论战激烈。关于“责任与选择机会”的论战成为城内热门话题。某个“毫无责任心、品德恶劣的男人”已然得到正名，一下脱离了动物的低级阶层，成为人生命题的提出者，以及无常现实的牺牲品。

“你说人家运气怎么这么好？今天气温没高过四十度，没有大领导莅临，也没什么重大工程事故，这样婆婆妈妈的小稿子也成了大热门。”

“这你就肤浅了，是人家点石成金，跟什么新闻，什么新闻就火。”

有人在办公室里这样议论。商影年只当没听见，到处查找新闻线索。

下班回到家，第一时间沐浴更衣。

陆巧鸣也已经看过那篇报道，百感交集：“感情，多么浪费心力的事情。说不清，道不明。但是代价却血淋淋。”

是，有人为感情付出过血的代价。直至今天，商影年依旧清晰记得自己的母亲怎样为了一个陌生女人的电话声嘶力竭，为了一缕若有若无的香水味剪坏整个衣橱的衣服，为了父亲的电话无人应答而致电所有秘书与属下询问他的行程，然后细细比较言语间哪怕一丝一毫的差别……但父亲只是沉默回避，他藏在层层叠叠的文件与报告后面，似乎都不屑将时间浪费在漫无目的的解释上。当所有的怀疑兀自纠结，成为心底似是而非的定论，她在绝望之中切开自己的血脉。

“幸好，我本志不在此。”商影年打开风扇，耳朵里原本塞着一副耳麦，于是调高音量，澎湃而来的乐音冲向耳膜，冲散所有前尘往事。

“在听什么？”陆巧鸣放下手中的八卦杂志，坐到商影年身边来。

她分一边耳塞给陆巧鸣，陆巧鸣侧过头来听。

有一把苍茫的声音在唱：“亡命之徒，你何时才能够明白，你所要的一切，原本唾手可得，你为何总想得到无法拥有的那些……自由，哦，自由，不过是空谈……”

陆巧鸣把耳塞还给商影年：“这么悲凉做什么？商记者，你如今正当红呢，等着拿奖金吧！”

商影年继续听她的音乐，对陆巧鸣的话，不置可否。

-3-

“估余街民宅火灾。小商，你跑一趟，摄影师和采访车一分钟以后在楼下等你。”王主任跑过来递给商影年一张写着地址的字条。

商影年什么都不问，毫不迟疑地抓起背包飞速奔去等电梯。

到现场的时候火势已经被控制住，由于火灾发生在旧式的居民楼里，巷子窄而蜿蜒，消防车无法直接开进来，所以连了数条水管，地上一片泥泞狼藉。警察正在疏散围观人群，全副武装的消防队员在现场奔跑穿梭。

商影年看着那幢烧到焦黑的民宅，震惊之下，怔怔不能成言。突然，在一片喧哗中她听见低声的啜泣。那是个小女孩，她正独自站在人群里哭。

“小妹妹，怎么了？”

“婆婆在睡。”小女孩的大眼睛中积着晶莹的泪水，“炉子着火，好烫。”商影年蹲在她面前，捋开她脸颊上的碎发，小女孩突然皱拢眉头吸一口气，泪水跌落眼眶。她的脸上有灼伤，居然没有人发现。商影年扬声喊：“有医生吗，有人受伤！”却没有应答。商影年回头柔声对女孩说：“能告诉姐姐你的名字吗？”

“囡囡……”

“婆婆现在在哪里？”

“有人抬她走，说要……要送医院。”

“囡囡，姐姐带你去医院。你知道婆婆被送去哪个医院？”

她抹着眼泪摇头。

“你在这里不要动，姐姐马上回来，然后带你去看婆婆。”

囡囡伸手抓住她衣角：“小妹还在里面……你去救她好不好？”

商影年震惊：“什么，小妹？是你妹妹吗？她还在里面？”

“小妹是囡囡朋友，她是兔子，毛毛的……”

商影年松口气，起身去找警察问情况。刚接近现场，就有人拦她：“出去，里面危险。”商影年掏出记者证，那人才答应她站在警戒线外观望。这时候商影年看见囡囡的小妹，一只灰色的绒毛填充兔子，被扔在门边。商影年趁警卫不注意，弯身越过警戒线，俯身捡起那只兔子。正要起身，被烧焦的门板发出咯啦声响，直直摔落下来。商影年下意识抬起手臂来挡。只听见人群中一阵惊呼，钝痛伴着黑暗一起袭来。当消防队员冲过来救她时，商影年却已经自己挣扎着站了起来，尽管看来狼狈，却只是一点擦伤，她向消防队员保证自己没有事，消防队员才让她走。摄影师举着相机跑过来："怎样，要不要去医院检查一下？"

"你知道受伤的老太太被送去哪家医院？"

"刚听到有人说，最近的一家人民医院。"

"好，我们去医院。"商影年用焦黑的袖子抹一抹脸。

"哪里受伤，伤得厉害吗？"摄影师有几分担心了。

"不是我，是去采访伤者。"商影年把烧焦的头发甩到脑后。

"跑社会新闻嘛，这么拼命！刚才你干什么呢？"摄影师心有余悸。

"扮英雄，救美女。"商影年扬一扬手里那只被水浸透的兔子。经过刚才那一幕插曲，如今这兔子的情况看起来更加糟糕了，真正的惨不忍睹。

囡囡却毫不嫌弃，欢天喜地将那只湿淋淋黑乎乎的绒毛兔子紧紧抱在怀里，跟商影年上了采访车去医院。

"你不是诱拐儿童吧？怎么没人管这孩子？"摄影师惊诧不已，今天这场面，他真是开了眼界。

"屋里只有她和婆婆，着火后她吓得跑出去。邻居见着火赶忙报警，没有消防队员注意到她。我现在带她去医院找她婆婆，估计家人也快到了。"

"囡囡，你爸爸妈妈呢？"商影年问怀里的小姑娘。

"爸爸不在家，妈妈去上班。"囡囡搂紧小妹，语气平常地说。经历过火灾，她和她的小妹真正称得上是生死之交，所以她分外珍惜。

到医院，商影年第一时间送囡囡挂急诊处理伤口，听医生保证不会留下伤疤才松一口气。“囡囡放心，长大还是美女。”小女孩憨憨地笑，伤口涂了药膏，已经不痛。

打听到囡囡的婆婆此时已经被送入加护病房，进行吸氧治疗，商影年又赶忙抱着她去病房。有个穿职业套装的年轻女子正在病房外焦急等待，她一见囡囡就紧张地冲过来，一把从商影年手中抱过囡囡，不停说着：“有没有事？囡囡你有没有事？”不知不觉泪水已经湿透面颊，弄花了脸上原本精致的妆容。

“囡囡没有事，不过脸上有一点点烫伤，医生已经处理过伤口，上了药，按时上药不碰水，以后就不会留疤。”商影年开口。

那位女士此刻才留意到商影年的存在，茫然地看着她，依旧未从刚才的紧张不安中回过神来。

“我是记者，姓商。在火灾现场遇到囡囡，带她来医院找婆婆。”

“谢谢，谢谢你，商小姐。”她一手抱着囡囡，一手抹着眼泪，又想与商影年握手道谢，在外套上擦了擦手，才感觉到自己的狼狈，不禁笑了，“不好意思，我……”

“没事。遇见这样的事，谁都会乱了阵脚。”商影年陪她在病房外的塑胶椅上坐下来，轻声问：“婆婆的情况怎么样了？”

“还要看情况，一氧化碳中毒，老人身体本来就比较弱。”

“怎么留囡囡和婆婆在家，一老一幼的……”

“有什么办法，我是做销售的。商小姐，囡囡的爸爸一年前和我离了婚，我要独自照顾这个家。囡囡放学早，就让我妈照看着。”囡囡妈妈把脸埋进囡囡的颈窝，藏起满脸的疲惫。

“有什么我帮得上忙的地方，千万不要客气。”商影年看着她瘦弱的肩膀，不禁鼻子发酸。

“谢谢你，商小姐。我会马上找个钟点工。其实，谁家里没有点什么事？我应付得来。”

“报社有便民热线，我帮你联系服务信得过的家政公司。”

“谢谢你。”

“应该的。囡囡上几年级？”

“幼儿园中班，最喜欢上手工课。”

两个人在病房外像老朋友般压低声音聊起家常，囡囡则在妈妈怀里沉沉睡去。直到医生出来通知家属患者已经脱离危险，商影年才起身道别，临走前留下了自己的手机号码。

这么多年了，这是商影年自那次事件之后第一次走进医院。这一次，囡囡和她的小妹都没有事。这一次，加护病房里传来的是一个病患脱离危险的好消息。

只是，天下所有的医院里仿佛都是这样苍白明亮的灯光，照得人双目刺痛。空气里永远有那呛人的消毒水味道，不知道是来自实验室、手术室还是停尸房。

商影年慢慢走着，像是回到了那个夜晚。父亲笔挺的黑西装，母亲染了血的丝绸睡袍，尖叫呼啸的救护车，钝且重的医疗器械，重重的白色人墙……此时此刻，商影年才从刚才的紧张担心中醒转过来，感到深入骨髓的无力与恐惧。

等在医院外的摄影师慌忙把面色苍白的商影年扶进车内："见多了，也就渐渐习惯了。"他以为商影年被刚才的火灾场面吓到，好心出言安慰。商影年努力挤一个微笑表示感谢。

不，对于生离死别，对于人世无常，无论我们怎么努力学习，都永远无法习惯。

刚回到办公室坐下，桌上的电话就立即响了起来："影年吗，是我，尹年。能否到十七楼小会议室来一下？"

商影年答一声"好"，走楼梯去十七楼。

会议室里并无旁人，尹年坐在会议桌的那一头，商影年也没有想要走近，就在会议桌的这一头坐了下来。两人就这样隔着整张会议桌的距离说话。

"今天是你第一次去事故现场，采访顺利吗？"

"很顺利。"说完这话商影年就觉得疑惑，今天有人的家被一场大火焚毁，这算是顺利吗？

"以往这样的新闻上了社会版，不过是豆腐块大的一条消息吧？"商影年问。

尹年点头。

"其实，每个豆腐块后面都有一个很长的故事。"商影年想起囡囡盈满泪光的眼睛，还有她妈妈无奈的面容。

"这就是生活。做新闻这一行，常常要经历这个世界上最特别的事，因为寻常日子不是新闻。"

"你怎么应对？"

“我渐渐说服自己，一切都是理所应当。”

“你相信自己可以这么理智，这么冷漠？”

“不能。所以我让你来做这条社会新闻。我相信你，相信你可以给每个豆腐块更好的观察和阐述，你可以讲一个更深的故事给别人听，让这个故事引发更多思考，获得更多关注，从而帮助故事中的人解决更多的问题。”

“新闻报道真的能做到这么多？”

“不要小觑你手里的笔，它代表舆论的力量。”

“那……为什么是我？”

“你的眼睛。影年，因为你的眼睛和别人不一样，你能看得比别人更清楚。”尹年专注地看着她。

呵，这绝对不是顺利的一天。她腮边的头发被烧焦了，脸上还有污迹，她却忙得没有时间去留意这些。看着商影年离去的背影，尹年伸出手去，却终在半空停了下来。

商影年回到办公室，坐到电脑前，开始写那条火灾的新闻。她介绍火灾缘由、受灾家庭的背景，论述单亲家庭与空巢家庭的辛酸无奈。一条火灾的新闻被她扩充为一篇社会观察。论据充分，评论客观。只是当年，又是谁写下了关于她母亲的那篇豆腐块呢？

换作今天的商影年来负责那篇报道，她会写：时间，十五年前，一个夏天。地点，商家别墅。人物，商家。事件，一个女孩失去母亲。

那一夜，商影年剪掉了跟随自己多年的长发。当肩上的重量消失，觉得身体中有一部分也被抽空，却同时又有什么新的东西，开始生长。

-4-

晨会上，总务办公室很关心那条火灾新闻，认为它具备深度挖掘的价值。初步商议的决定是组织捐款活动，要求编委会安排摄影师记录捐款现场，安排囡囡参加捐款启动仪式，并认为应该在报纸上刊登她的照片。

“小商，你看标题就放在这里！小女孩的照片要放大，放正中！几张现场的照片嘛，就放这里，有点有面，以情动人……这样的版面，多让人感动，效果一定好！”说到这里，那个自称某办公室主任的女人已经被自己感动了，晨会结束后，她直接到办公室找商影年。商影年忍耐地看着她文得太着痕迹的眉毛、烫得过于僵硬的头发，以及，最最让她不快的，神情中的那种自鸣得意。

“我要问下孩子的家长，现在确定不下来。”商影年开口，声音不大，语气平淡。

办公室内霎时一片静默。那个主任的手势比到一半，停在半空，样子比她的神情更尴尬几分。其余的记者编辑早已经放下手头的工作，将注意力全部集中在她们两个人身上。

“咳，小商！”她愣了数秒才反应过来，随即如释重负，像是听到了什么非常有意思的笑话，“这个嘛，你担心什么？哦，我忘了，你当记者时间还不长。你是负责报道这个新闻的记者嘛，你的意见他们能不听？你决定了，就等于是定下来啦！”

当读者是任凭摆布的愚民？商影年深呼吸，再深呼吸。

“小商？”

“我觉得这样做不大妥当，孩子还小。”

“什么最能让读者动感情？孩子啊……”说完这句她终于完全明白过来，骤然住了嘴，风卷残云般拿起文件走了。

商影年桌上的电话准时在十分钟以后响起，商影年看着那部灰色电话机显示出那个熟悉的号码，等它响完第三下才将话筒拿到耳边。

“是我，尹年。可以到我办公室来一下吗？”

“我这就来。”商影年挂上电话，办公室里依旧一片寂静。

“为什么不尝试和胡主任沟通？”等商影年落座，尹年才开口问。心底有一个声音却说：呵，她的头发剪短了。

“谁？”商影年一脸茫然。这是她第一次看清楚这间办公室。灰色的大理石地板，乳白色窗帘，角落有黑色真皮沙发与巨大的绿色盆栽。

尹年情不自禁地笑了出来。五分钟之前，总务办公室的胡主任在商影年此刻正坐着的位置上控诉“社会新闻部记者商影年”不配合总务办公室开展工作的恶劣态度，以及缺乏新闻策划敏感度与大局观的不合格职业素养。几乎是声泪俱下，害得总编办公室助理以为发生了什么重大新闻，特意端了热茶进来抚慰那位胡主任的情绪。然而，这个被指名道姓控诉过的商影年，却连人家姓什么都没记住。

“总务办公室的胡主任，她建议把这次火灾的新闻扩展成年度策划，募捐是第一项议程，先是发动报社员工，然后发动社会。社会新闻部负责跟进的报道，为这次活动宣传造势。”

“很大的策划。”商影年挑一挑眉。

“但是你不同意。为什么？”

“她有没有给你看她策划的版面？她要把囡囡的照片放头版，占起码五栏的宽度。我觉得，这不合适。”商影年叹口气，继续说，“孩子那么小，什么都不懂，要让全社会的人都知道她父母离异，家中遭遇火灾，母亲没有能力妥善照顾她？有时候，那种眼光，你知道，那种眼光对一个孩子来说，并不只是单纯的关怀那么简单。我们成年人喜欢自己解决自己的问题，我们称之为‘隐私’。那孩子呢？”

“那你为什么不和胡主任解释？”

“解释？她姿态那么高，哪里肯听。她几乎就差大声喊：‘我这是在行善！’又怎么允许别人拒绝？”

尹年低头，手指习惯性地轻轻叩着桌子，并不说话。落地玻璃窗外是整个城市的轮廓，万家灯火正要在灰色的薄暮中亮起来。商影年看着他，依旧是波澜不兴的侧面。

“好，我会和胡主任再商量这件事情，我会建议她不用那孩子的照片。那孩子叫囡囡？”他抬起头来。

“五岁了，读幼儿园中班，上个星期刚拿了小红花，是在手工课上得的。”

“聪明伶俐，心灵手巧。”尹年夸赞道。

“非常。”商影年点头。

“我知道了。”尹年微笑。

“谢谢你，尹总。”她吁一口气，那种淡淡的神情又重新回到脸上。她知道有他在，这件事情必定会有转圜。

不是因为商影年对自己的判断多么笃定，而是因为，她相信他，所以愿意跟在他的身后，去走一条完全陌生的路。

她曾经见过生活表面那些肤浅的狂躁，也曾见过那些因爱欲而生的生死纠葛。但尹年的沉静与坚定，让她体会到生活的另一个面目，那些不言自明的真理，那些纷繁背后的静默。

“你总是对我说谢谢，说得好像我总在帮你救火。”

商影年想一想，也笑了：“你知不知道，有句英国谚语说：如果你救一个人三次，那他的命就是你的。”

尹年看着她晶莹的笑容，踌躇之间，移开了目光。

回到住处，陆巧鸣还没有回来。包里的手机却响了，在暗中听起来，分外突兀。商影年接了电话，那头是陈叔，商仲恒的大总管。商影年多少有点意外，这个老好人，已经差不多有两年没有主动给她来过电话。

回想自己当初最终做出回国的决定，也是因为一通电话。接到电话的时候商影年在圣安德鲁斯的悬崖上参观旧天主教堂的遗迹。那天是农历大年夜。苏格兰的大雪冰冷彻骨，风仿佛可以撕裂一切。电话就在这时候响了起来。

商影年找一处没有风的墙角，按下了通话键。会在商影年电话里响起来的声音只有两个：硕士论文导师肯特先生和陈叔。但这一次，在陈叔的问候过后，响起的却是第三个声音。商仲恒在电话那头一字一句地说：“小影，人会做错事情，人也会老，无法避免。”

商影年看着悬崖下席卷着海草敲击岩石的海浪，不知道如何应对，只是轻轻挂了电话。抬头的时候只见远处海天苍茫，仿佛已经到了世界的尽头。商仲恒说他老了。是的，他是老了。声音里的疲倦骗不了人。更重要的是，他已开始懂得低头。

而他曾经多么擅长发号施令。

他命令商影年读寄宿学校，他命令商影年读商科，他命令商影年出国留学。

在他的办公室里，他对着震惊的商影年说："来，认识一下我的特别助理，傅政勋，他可是我好不容易找来的高才生。小影，他也是伦敦留学回来的，你们年轻人一定有不少共同语言。"

商影年不知道当时所有在那个房间里的人，有谁没怀疑这是一早安排好的戏码。绝望般的愤怒之中，她一言不发转身就走，第二天就打电话预订了回英国的单程票。

只是商影年没有想到，两年后自己又因为商仲恒的一句话回到中国，回到这个离他两小时车程的城市，不远不近，刚好可以用来静静对峙。

不过是因为，隔着千万里在电话里服老的这个人给了商影年一半血肉，给了她姓氏与名字。

我们不怕老，但是我们怕做错事情，我们怕无法弥补，来日无限悔恨。

"什么事情，陈叔？"商影年没有问他如何知道了自己的号码，只是开门见山。

"没有什么事情。不过公司里……公司遇到一些问题，你要不要回来见见总裁？他……"

“陈叔，你打电话过来，他知道吗？”

“不，商总不知道。”

“好，那我晓得了。”

公司有问题，严重到陈叔开始担心？上次见到傅政勋却觉得他神色如常，不过或许只是因为时间太仓促。

商影年趁中午休息的时间到银行把以前留学时期剩下的学费、生活费和这些年打工积下的存款通通兑换成人民币，做成一张本票快递到商仲恒办公室。那是她第一次，犹豫过去的时光是否曾过得太不羁浪费。

这些都曾是他给的，现在还，算得公平。

谁知，本票寄出的第三天，陈大总管亲自出现在报社的大厅里，脸色并不大好。他从外套口袋里拿出一个白色信封放到商影年手中，打开，正是那张银行本票。

商影年叹口气，带陈叔去报社附近的小饭馆。熟门熟路点两碗刀削面，才开口说：“我知道这点钱微不足道。”她觉得自己简直都可以想象商仲恒打开信封时嘲讽的表情。

“不，不是这样。”陈大总管连忙摇头否认。

“他知道你给我打电话，为难你？”

“没有。”陈大总管叹息，面色颇有些为难，“总裁说，他说……拿钱打发人的习惯，你不学就会了，也不晓得是不是遗传。”

商影年仰头大笑，陈大总管有几分惊讶地看着她闪闪发光的笑脸，啊，多少年，没有听见这个女孩的笑声。现在，她的头发短了，瘦了些，但精神却很好，起码，她的眼睛里不再有那曾经让他觉得心酸的沉寂和茫然。

他有些放心，终于也笑了。

商影年埋首将一碗刀削面一口气吃到底朝天，连口汤都没有剩下。

“小姐……”他从口袋里掏出洁白的亚麻手帕来。

“陈大总管。”商影年抬头，狡黠地眨眼。

“咳，”陈大总管窘迫地咳一声，“小影。”

“陈叔。”商影年也非常从善如流。

陈大总管把手中的手帕递过来。

“不用，不用……”商影年连连摆手，拿起桌上的劣质纸巾，抹了抹嘴，又唤服务生过来结账。

“商记者，一共八块钱。”服务员和她打招呼，又看了看陈叔面前那碗没动过的面，有点担心地问，“怎么，不合您胃口？”

“不，不，小李，是这位先生刚吃过饭。味道当然很好，你家的刀削面，没话说。”商影年伸出右手在空中大力挥舞一下，表示强调。

“常来这里吃饭？”等服务员走了，陈叔才开口问。

“三餐大概有两餐是在这里解决，方便又便宜嘛。”

“小影……”

“味道真不错，陈叔。下次来，我再请你，到时候你要记得留点肚子。”

在停车场，商影年在陈总管上车的时候突然问：“公司的问题真的不要紧吗？”

“不要紧，只是……小影，你有时间要常回去。打个电话，我让司机来接你。”

“我知道。”

大家心里都知道，她大概不会回去。如果时光真可以倒流，那我们只会对此刻的人生更加轻慢，犯下更多的错误吧？所以那些诸如“假如一切可以重来”的假设，其实不过是随便说说的废话。

看着陈总管的车消失在车流里，商影年步行回到住处。走进狭小的卫生间，将热水龙头开到最大，放一浴缸热水，然后将自己浸进去。当热水漫过口鼻，商影年听见脑海中有一个声音正在汩汩水声中越来越清晰：商影年不会原谅商仲恒，因为，她还没有学会该如何原谅她自己。

-5-

商影年第三次通读自己的稿子，最后斟酌一遍措辞与文法，才将稿件交到部门主任文件库，然后关上电脑下班。如此忙碌奔波又是一天。站在报社大楼下面，商影年抬头眺望尹年办公室所在的楼层，照例是灯火通明。

隐隐地，在熟悉的疲惫里感觉到了安稳。

如果，就这样，跟在他的身后。

如果，就这样，安身立命。

多么好。

仲春的晚风拂在脸上，如柔软的丝绸。商影年独自一人到小饭馆解决了晚饭，慢慢走回住处。

晚上，陆巧鸣下了班到商影年房间借衣服。

“要去见重要的客户，衣柜里却没一件好穿出门的衣服。”陆巧鸣苦着脸。

“那你以前都是怎么出门的？还有，你那大把工资都花哪里去了，陆小姐？”商影年捧着八卦杂志数落她。

“能省就省一点嘛，我正存钱买房子。一条好点的裙子，整一平方米地呢。再说，每天看你衬衫牛仔裤的，不穿的就借来给我。资源共享。”陆巧鸣一边翻着衣柜一边说话，手脚嘴巴都不闲着，“哦，最近钱主任听说一些关于你和尹总的传言。听说，他很袒护你。”

“都是工作，谁会袒护谁。”商影年觉得有几分好笑。

“还说你们私下关系不错。”

“都是公事，哪里有私人时间。因为上次火灾的新闻，最近有些后续的活动报道要跟进。这是报社年度策划的一部分，不能出差错，所以和领导见得多些。”

“商小姐，你低调一点好吗？能回避就回避一下，小心得罪人。”

“都是工作，有什么好回避的？我领工资的，不能吃白饭。”

“你不要把一切都当作理所当然好不好？报社上下没三百也有两百号人，很多人从没和他说上过话。”

“凑巧咯。”商影年耸一耸肩，摊开手掌，表情非常无所谓，“人家老总都无所谓，我一个小员工有什么必要战战兢兢？他的名节总比我的值钱吧？”

“你说话能不能不要这样没遮拦？名节，名节，你才是女生好不好！喂，等一下！你这件 Armani Power Suit 是真是假？”陆巧鸣将衣柜角落中的一件黑色手工小西装从塑料衣架上除下来，仔细研究过标签，神情疑惑地将它举到商影年鼻子前面。

商影年扭头避开那呛人的樟脑丸气味，望着空气思索半天，才想起那是当年毕业论文答辩时候置下的装备。她起身挥开陆巧鸣的长手，弯下腰钻进衣柜深处翻找半天，起身时手里多出一只破烂不堪的白色纸盒子，上面印着两个简单的英文单词：Manolo Blahnik。真正的白底黑字。打开盒子，里面是一双油光水滑的黑色丝缎凉鞋，银灰小羊皮内里，三寸根，镶一线银边。

这鞋是当初商影年毕业舞会时候穿过的，只穿了一次。用来搭配这双鞋的礼服早已经不知所终，仿佛是宿舍隔壁房间的巴黎女同学为某个周末的约会借了去。

“五码半，不过这牌子的尺码偏大一点，你要是穿六号，那凑合一晚上应该没问题。”

陆巧鸣的神情有些惊讶。她低头看一眼商影年脚上的塑料拖鞋，上面用化学胶水固定的廉价水钻正在日光灯下闪闪发光。她再看一眼盒子里那双丝缎凉鞋。

这次她没问真假，那手工、那质地，在这个简陋的小房间里散发出一股不容忽视的强大气场。感觉就像是，就像是——陆巧鸣寻找着那个最恰当的比喻——贵妇走进了菜市场。就算是 A 货，能做到这个份儿上，也可以光明正大穿出去见人了。

“我全要了，回头请你吃饭。”陆巧鸣把那西服外套和凉鞋打包卷走。

第二天早上，吃过路边早点摊上的煎饼果子，商影年步行上班。这样省公交车费，似乎是想向陆巧鸣学习节约。都说钱多不是靠省而是靠赚，这几块钱，省下来又能做什么用？在一个没有人的街角，商影年摇头苦笑。此时才想起包里还放着那张银行本票，提醒自己有空去银行存起来。

到单位发现自己的桌子已经被清理过，正在疑惑自己是不是养了个田螺姑娘，却听见背后有个兴高采烈的声音在喊：“影年姐！”

原来是小邵。

“你怎么在这里？”

“当你的实习生啊。”小邵将手中新沏的茶放到桌上。

“你不是在地方商业新闻部实习吗？”

“一个小实习生，谁在乎。领导一句话，不就跟过来啦。”

“为什么跟着我？社会新闻部可比地方商业新闻部辛苦很多哦。后悔要趁早，别等方主任改了心意。”商影年吓她，心里却是欣喜的，有几分遇见老战友的意思。

“我不放心你嘛。”小邵人小鬼大，拍着商影年的肩膀扮成熟。

“毕业论文呢，写得怎样了？”

“论文选题和提纲都通过了，导师要我搜集素材。”

“打算写什么？”

“负面新闻报道的尺度与处理方式。”

“很深奥。”

“还好啦，主要就是说：什么该讲，什么不该讲。如果要讲，又怎么把话讲得好听一点。”

“听起来跟做人是一个道理啊。”商影年不禁笑了。

“人情练达皆文章嘛。”小邵摆出一副“我老早就知道”的得意神情，“哦，对了，影年姐，刚才总编办公室有人来电话找你。”

“总编办公室？”

“嗯，让你有空去一趟。”

商影年走到尹年办公室门口，发现他有客人。正要退出去，却听见尹年说：“影年吗？进来吧。”

那个正和尹年说话的人听到她的名字，立即从沙发上站起来。他转过身面对商影年。

居然是傅政勋。

商影年下意识地握了握拳头，仿佛生怕自己会有什么激烈的言行。她努力忽略尹年的目光，和傅政勋相对而立。

傅政勋抬起手来要碰商影年的手臂。他想问她的长发去了哪里，他想问她愿不愿意跟他回去。结果他只是说：“好久不见，影年。”

商影年退一步，回头问尹年：“尹总，你找我来有什么事情吗？”

“傅先生开发的写字楼会在我们报纸投广告，他的公司有意为你负责的慈善捐款活动募捐。”尹年神色平静地看着商影年，“我想，这该问过你的意见。”

“捐款，当然欢迎。”此时商影年已经镇定下来，“我代表未来将受到捐助的家庭谢谢你，傅先生。”

傅政勋扯一扯嘴角，啼笑皆非地轻声道：“傅先生？”

尹年站起身来，到办公室门口吩咐助理沏茶进来。说完话回座位的时候，顺势拉开他办公桌前的椅子，不动声色地对商影年说："来，坐。不用站着说话。"傅政勋也只好坐回沙发。

"不管傅先生准备捐多少，我想那些即将受益的家庭都会非常感谢。"商影年坐下，开口就是漂亮的客套话。好像一见傅政勋，另一个商影年就苏醒过来。

"我希望能以报社和我公司的名义建立专项基金，以后我公司将定期拨款。作为回报，我希望能得到广告版面上的优惠。"

"广告上的事，采编部门不方便过问，我负责相关的新闻报道。这是报社年度的大策划，如今又有尹总的关照，从报道的篇幅和方式来看，相信对贵公司来说，会是非常难得的公关宣传。"商影年拿出就事论事的语气。

"那真是太好了。"傅政勋笑得很保留，"商记者如此专业，我很放心。"

"不过看菜吃饭，傅先生过奖。"商影年不想多与他周旋，对尹年道，"尹总，如果没有别的事，我可以先走了吗？"

"好。具体的操作，我会再与你商量。"尹年颔首。

这一问一答看在傅政勋眼中，竟有他无法容身的默契。

"谢谢尹总。"商影年起身告辞，头也不回地走出办公室。

"影年，一起吃个饭？"傅政勋快步跟了出来。

"人都来了，怎么不请总编辑吃饭？搞定了领导，还愁搞不定下面的小喽啰？"商影年并没有停下脚步。

傅政勋原本想负气说"谁听谁的那可不一定"，但知道这话必定激怒商影年，于是话到嘴边又咽了回去，换上调侃的语气说：“尹总大人忙，我先下基层。”

商影年不知他内心这么多转折，只低头看一看手表，也是午饭时间了。走进电梯，按下到一楼的电梯按钮，自顾自盯着楼层数字，不再说话。

“写字楼在什么地段？”走了十多分钟，在一家法式餐厅里坐下，商影年才开口和傅政勋说话。

“人民路东段，近洪桥路。”

“这个企划什么时候开始的？”

“上次在经济论坛遇见你以后。”傅政勋毫不隐瞒。急着要在她的身边出现，所以他快马加鞭，加班加到几个助手全部崩溃，纷纷告假。

商影年不置可否，看一眼菜单，开口道：“我听说这个写字楼项目已经换了几手投资商，产权不明。我觉得你不该冒这个险。”

“为了你，值得。”

“傅政勋，你开玩笑的水平长进了。你是生意人，冒险不是你的风格。”

“影年，如果你真关心你父亲的事业，那就回来自己做。他很想见你。”

“我对染指他的‘江山’不感兴趣，我对和他见面更没有兴趣。”

“他是你父亲。”

“一再陈述某项简单事实，只会让事情显得滑稽。”商影年继续研究菜单，头也不抬地说。

傅政勋不得不投降，换个更安全的话题：“事实上，你猜得对，为了保证产权，仲恒基建买下了大楼投资方的股份。”

“接下这个广告案的公司是……？”

“沪正广告，他们的开价合理，业内口碑很好。”

商影年放下水杯抬起头来，仔仔细细看进傅政勋的眼睛里去：“那……负责接洽的客户经理不会正巧是一位叫陆巧鸣的小姐吧？”

“正是。经过调查，陆小姐的专业水准确实出众。”

“而世界本来就非常小，是吧？”商影年脸色不变，语气却涂了层霜。

“公事公办，你不会连这点信心都不给我吧？”傅政勋摊开手掌，笑得无辜。

商影年忍住怒气，喝一口茶，敏锐的第六感却感觉到暗处有目光在注视自己，不禁四下顾盼。

“怎么，又在等人来英雄救美？”傅政勋不会忘记第一次见到尹年的情景，他一句话带走商影年。而刚才在尹年办公室里的场面，让傅政勋忍不住绷紧下巴。

“希望你不会在商仲恒面前乱说话。”

“你以为有什么事是他不知道的？他是你父亲，政年大楼的企划是他批的。”

“当初口口声声说要和他撇清关系，如今又开口闭口说到他，傅先生你这样矛盾，不觉有趣？”

傅政勋被戳到痛处，无奈回击：“你都已经未审先判了，不按你的意思犯错，我怕更要动辄得罪。”

“傅先生，我们的对话要结束了。”

“说到你的英雄，影年，他今天拿了我开的支票。”

“你给他回扣？”商影年放下菜单。

傅政勋冷笑：“他不拿也是进别人腰包。况且，行价最多20%，我给他25%。商影年，这个世上已经没有圆桌骑士，也没有人是干净的，包括他在内！”

商影年不再说什么，摔下餐巾，离席而去。推开餐厅大门的时候，听见背后传来水杯破碎的声音。她没有回头，冲进午后的人群。阳光很好，金灿灿的，照得人们脸上都透着几分喜气。

只是，商影年觉得这么冷，冷得仿佛每一根血管都结了冰。

如果没有你

The One I Love

Chapter 3 站在你的生命里

不管她来自何处，不管她是否因为迷路错走到这里，只要她还在自己目力所及范围之内，就是慰藉。

Chapter 3

-1-

从漫长的梦境中醒来，商影年在阳光里展开手掌。金色阳光照亮她指尖残留着的梦境边缘。梦中，汹涌的潮水将她吞没，世界又变成漆黑的一片。

你听过那个点石成金的故事吗？那是我所听过的所有故事里，最让人觉得悲伤的一个。

希腊神话中 Pessinus[1] 国的皇帝米达斯，从酒神狄俄尼索斯那里获得了点石成金的能力，他的手指触碰到的一切都化作了黄金。玫瑰与石头，

1 | 佩西努斯，一个位于小亚细亚的弗里吉亚城市。

佳酿与美食。他的拥抱使自己珍爱的女儿变成了黄金雕塑。

原本得意的他后悔莫及，重又找到酒神要求放弃这样的能力。酒神说，去洗个澡吧。于是有一天，米达斯走进Pactolus河[2]，将自己的能力交给了河水。他空着双手回到岸上，从此 Pactolus 河中常年流淌金沙。

商影年抹一抹脸，趿着拖鞋去浴室。陆巧鸣正在厨房泡咖啡。

道声早安，商影年放一缸热水。然后屏住呼吸，将自己浸入浴缸中。水压让所有的声响听起来那么混沌而遥远。商影年直等到热水的温度渐渐消散，手指起了褶皱，才起身。当她伸手取浴袍的时候，无意间带翻盥洗台上的漱口杯。

那只蓝色玻璃杯在瓷砖地面上摔得粉碎。

或许和米达斯的手指一样，我的手指也受到了诅咒。从此抓在手中的事物，没有一件能够完整。

我手指所触碰到的一切，都成了碎片。

快乐也好，悲伤也罢。

甚至过去、现在与下一秒钟的人生，纷纷在我手中成了齑粉。

披上浴袍，商影年俯身收拾碎片，神志恍惚之间，尖锐的边缘划过掌心。血随即涌出来，却并不感觉到痛。商影年用毛巾按住伤口，再翻出急救箱中的纱布缠在伤口上。

“怎么了？”陆巧鸣听见声响，过来问。

“没什么，摔坏一只杯子。”

2 | 帕克托勒斯河，古代吕底亚河流。

“要紧吗？”陆巧鸣拿了扫帚簸箕过来善后。

“没什么事。”商影年在浴缸边沿坐下来，用左手擦头发，“巧鸣，你最近有没有接新的广告案？”

“当然有啊，地产广告，大客户。”

“那，进展如何？”

“顺利。”

“是很大的生意吗？”

“那当然，所以由我这个客户经理亲自出马嘛。”

“客户如何，有没有刁难？”

“难得遇见明事理的客户。比稿时竞争确实激烈，要求也算超出一般的严格，不过定了稿，一切都好说了啦。”

“那要是遇上不好说话的呢？”

“那可没个底哦，有的现在想起来还让我内伤。像去年一个广告，那负责人有几年外企工作经历，开口就说：‘中国不就是劳动力便宜吗？多加几天班，一个星期不就全搞定，价钱也该打个折扣再谈。’这样没素质的人，怎么谈？我当即摔他电话，结果人家告到大老板那里去，投诉我态度不好，就等着我上门负荆请罪呢。”

“那回扣呢，发广告的媒体拿不拿回扣？”

“什么拿不拿，你该问拿多少啦！”

“这么普遍？”

“做生意嘛，不就那么点事情。不说了，我赶时间。”陆巧鸣喝完咖啡，拎起公文包风风火火出门去。商影年换下浴袍，临出门又在右手上戴只手套把纱布遮起来。

小邵一早到报社上班，刚进办公室就看见商影年左手拿着支圆珠笔在敲键盘。

“什么新招式？”

“来得正好，我要报选题，你帮我输入一下打印出来。”

商影年拿着选题去十七楼会议室，时间有些早，晨会还没有开始。尹年却已坐在会议桌前翻看当天刚上市的报纸，听见动静抬起头来。商影年已经见过报纸封底上那则写字楼广告的全页广告：政年大厦开幕在即，CBD 中心 A 级写字楼招租。

“政年大厦……”商影年的神情仿佛看见本年度最好笑的笑话。

尹年也看到了广告上的大标题。

政年大厦。

傅政勋，商影年。

这个傅政勋不是毫无缘由地再次出现在这里，他对商影年志在必得的决心，几乎就差一句高声宣言。而业内人都知道，仲恒基建的大老板是商仲恒。

商影年不会是碰巧姓商。

但他只是轻轻合上报纸，仔细整理好后放到桌上。目光穿过落地长窗看向整个薄雾迷蒙的城市。退无可退、避无可避，就是人生。

“怎么还戴着手套？五月还下雪吗？”尹年终于收回目光，看着会议桌另一头的商影年，发现她右手又戴上了那只粉色的毛线手套，于是开玩笑地说。

“为了好玩。”商影年低下头，将视线投在手中的稿纸上。其他部门的同事陆续到了，两人就此结束谈话。

报完社会新闻组的选题，商影年匆匆离开会议室。

“影年姐，我给你讲个故事。”小邵看着商影年不算太好的脸色，逗她开心。

“好不好笑？”

“当然好笑，不好笑我请你喝奶茶。好笑的话，你请我。”

“行，说吧。”商影年坐正了身，一副洗耳恭听的架势。

小邵清一清嗓子开始讲故事：“从前啊，森林里有只兔子。一天它被大灰狼抓住了。大灰狼正要吃它，兔子却说：‘别急，等我写完我的硕士论文再说……’”

商影年已经忍不住笑了出来：“兔子写论文？小孩，你写硕士论文写到脑子坏掉了？”

“哎哟，你听我说下去嘛，这是个好故事来的。”小邵正一正神色继续往下讲，“大灰狼很惊讶，就问：‘你写什么论文？’

“兔子答：‘《论兔子比狼强大》。’狼听了哈哈大笑：‘这怎么可能？’

“兔子说：‘我写的论文大部分稿子在洞里，不相信我带你去看。’

“于是兔子把好奇的狼领进了山洞。

“过了一会儿，兔子独自出了山洞，坐下来继续写它的论文。

“接着又来一只狐狸，也想吃兔子。兔子说：‘不行，等我写完我的硕士论文。’

“狐狸问：‘你写什么论文？’

“兔子答：‘《论兔子如何吃掉狐狸》。’狡猾的狐狸笑了，说：‘这怎么可能呢？’于是兔子又把狐狸领进山洞。你知道山洞里有什么吗？”小邵故作神秘地卖着关子。

“有什么？”商影年很配合地问。

“山洞里，一只狮子正坐在几堆白骨之间，满意地剔着牙，旁边是兔子的论文稿。”

“这个故事是说，兔子其实比狼与狐狸都狡猾？”

“错，这个故事是说，写什么论文不重要，谁是你导师才重要。引申来讲，就是你在哪个岗位不重要，找对会关照你的老板才是王道。”

商影年这下懂了，耸耸肩：“这王主任的桌子每天不是我整理的，茶水不是我在倒，最出彩的新闻也不是我在跑，你跟错人了啦。”

“又错，这兔子不是我，是你啊，影年姐！那狮子嘛，自然也不是王主任。”

商影年依旧耸耸肩膀不置可否，开始在抽屉里找零钱买奶茶。

“我刚才在茶水间里听说，你拿了优秀稿件奖耶！”小邵献宝一样搬出她听来的小道消息。

“还说什么？”

“嗯，还有……”小邵欲言又止。

“没关系，你不说我都大概能猜到。”总不会是恭喜之类的吉利话。

“他们说，你上面有人护着，正当红呢。还说，你手里有广告大客户……”说到这里小邵才觉失言，有些惴惴的，“但影年姐，你的稿子写得就是比他们好啊，你不用理他们！”

小邵跟着自己也有一阵子，说闲话的人却不知道避讳，要当着她的面讲那些并不悦耳的闲话，商影年心下也猜到，那些人想必是只怕她这本尊听不到。

“影年姐，那些说话的人我都认得，一个是机动新闻部……”

“小邵，你现在跟着我跑新闻，虽说我懂的不比你多，但也算你的半个老师，对吗？”商影年截住她的话头。

“影年姐……”小邵知道商影年表面冷淡，其实心肠软，什么事情都与她有商有量，每篇稿件都不忘记写她的名字，不像别的记者光忙着摆师道尊严的架势差遣手下的实习生，等稿子出来，却又忘记身边有这么一个人，是以很少看见商影年这般严肃的小邵有些慌了。

“背后议论别人的事情，不要做，知道吗？那些流言不小心听见，也要速速忘记。”

“我知道了，影年姐。”

“好了，写稿子吧。今天你负责打字，我负责说。”

“哇，真是人民喉舌啊！”

“滑头！”商影年拿左手拍一下小邵脑门，“快写，写完请你喝奶茶。”

不知是不是伤口位置靠近掌心的缘故，一整天过去了，伤口依旧隐隐作痛。下了班，商影年趁电梯里没有人，摘下手套解开纱布来检查伤口。电梯停在十七楼，门开了，有人进来。商影年及时把手藏到身后。

“恭喜。”是那把熟悉的声音，那个熟悉的侧面。尹年隔着半米，在她身侧站定。

“恭喜什么？”商影年的心底并没有以往见到他时的那种喜悦。

“这个季度的优秀稿件奖是你的了。名单明天总务办公室会贴出来。”

“有多少人获奖？”

“老规矩，优秀稿件奖只有一个，另外还有几个提名奖。”

商影年看着亮起的电梯按钮，不再说话。

“搭顺风车吧，我今天不值班，送你回去。”

“不好意思麻烦尹总，我自己走就可以。”商影年握紧手套。

尹年回头看她，神色里有些不解。此刻的她仿佛是只警觉的刺猬，刻意与自己保持着距离。那个和他一起埋头大吃刀削面的磊落女孩，去了哪里？

终于，他换了话题：“你的手怎么了？”

“划破了，一点小伤。”

尹年倾身按灭到一楼的电梯按钮，然后按下地下停车场的按钮。

出了电梯，尹年一把拉过商影年的手来，细细检视。触碰到伤口，商影年深吸一口气。

“我送你去医院。是玻璃划到的吧，可能会有碎屑残留在伤口里，需要清洗干净。”

“我不要去医院！”商影年的黑色眼眸在停车场黯淡的灯光下灼灼闪亮，仿佛闪着晶莹泪光。

“为什么对医院这么排斥？”

“有谁会喜欢去医院？”

尹年叹一口气，拿起移动电话拨下一个号码。

“不好意思，黄医生，是我，尹年。能否麻烦你安排一次急诊？”

“我说过，不要去医院！”商影年努力控制自己的情绪。

“好，不去医院。我保证。”尹年放柔了声音，打开车门，“来，上车。”

没有司机，尹年自己驾车。车里有苦橙叶与迷迭香的味道，以及黑色的静默。商影年看着车窗外的街景，觉得自己随时都要夺门而出。他们曾那么接近，伸出手就可以感觉到他的体温。但毕竟，她不能问出心里的疑问。坐在他的身边，过往的记忆在她手中支离破碎，将他隔绝在遥远的另一边。

傅政勋的话依稀还在耳畔：没有人是干净的。

等红灯的间隙，尹年按下播放键。勃拉姆斯的小提琴奏鸣曲。勃拉姆斯，无望的爱，永不停歇的想念，所有神圣的悲伤。琴声婉转低回，那些感伤离真理太近，距尘世太远。

所以只能聆听，不能哼唱。

“你要带我去哪里？”

“马上就到。”

是办公楼里的牙科诊所。尹年在前台报出家门。值班的护士迎出来说：“黄医生现在有病人，大约十分钟以后结束。尹先生请稍等。”随即倒了热水出来，让他们两人在接待室候诊。

谁都没有再开口说话。

“谁又吃了太多糖忘记刷牙？”不多时，听见身后一把带笑意的声音扬声道。两人站起身来，一位穿灰色医生袍的年轻人大步从诊疗室里走出来，边走边褪下手上的橡胶手套，左耳上还挂着口罩。

“黄医生，不是牙，是手。麻烦你处理一下。”

“尹总……”黄医生扬一扬眉，“我不是外科医生。”

“算了，也不疼。”商影年要往外走。

“受伤的是这位漂亮的小姐吗？”黄医生却上前拉起商影年那只缠着纱布的手，“我看呢，其实天下的伤口都差不多，来，跟我进去。”说完就拉着商影年往诊疗室走，走着还不忘嘱咐护士准备双氧水与脱脂棉。

商影年疑惑地回头，却看见尹年正无可奈何地摇头苦笑。

冲洗伤口，上药，包扎，五分钟已经处理妥当。

“谢谢。”商影年道谢，伤口确实已经感觉舒适很多。这时才发现这间小小的诊所干净整洁，灯光柔和。并且，没有那刺鼻的消毒水味道。

“不用谢。我手艺不错吧？你要不要做个美白护理？”

商影年惊讶地问：“美白护理？”

“哦，我是说牙齿护理，你的牙齿很漂亮，不过做个喷砂什么的，就更完美了。费用嘛，我记在那个尹年账上。”

“谢谢你，不过这样的话，我的牙医会不高兴。”商影年起身离开诊疗室。

“优秀稿件奖是你决定的吗？”回程的车上，商影年开口问。

“编委会提名，大家投票评选出来的。”尹年公事公办的语气，“另外，报社和政年大厦合作，救助基金成立和捐款的稿子，王主任希望让别的记者去跟。他的意见是，没什么新闻性，不能发挥你的特长。我同意了。”

“好。”商影年低下头，看着握在左手中的右手。

尹年回头看她，眼神仿佛是在问：“就这样吗？没有半句疑问？”

“尹总，麻烦你在下一个路口靠边停车。”

尹年没有再说什么，看着她推开车门，走过浓荫的街道，消失在暮色里。依旧是那瘦削的身影，流露出倔强与孤独，就像他第一次遇见她的时候。并没有立即离开，尹年熄了车灯，打开车窗，独自听完最后一段乐曲。然后才重新打开车灯，驱车离开。

尹年已经不记得自己是从什么时候开始，经过报社大楼时会情不自禁地停下脚步抬头仰望整栋大楼里那最后亮着灯的三层楼，心底闪过的第一个念头是：影年现在大概正忙得额角冒汗吧，不知道她今天要挖到什么好新闻。

笔纸之间，营营役役，很快就要人生过半。看着她，又会重新相信这世界上真有理想抱负这回事情。

不管她来自何处，不管她是否因为迷路错走到这里，只要她还在自己目力所及范围之内，就是慰藉。然后有了全新的力量，可以脚步稳健地开始又一天的辛劳。

她就是这样，站在了他的生命里。

那是一种，他独自走过四十余年才感觉到的温暖力量。或许飞蛾扑火之前，感觉到的也是这样的温暖，那么明亮璀璨。

他知道，从现在开始，自己必须退一步，退回到黑暗中去。就像从前，每天在报章看着她的稿件，在别人看不到的地方解决她的困难。

冲动的人创造着新的世界，而理智的人，负责维护它。

第二天上班，又是周四，轮到商影年报选题，带着一身肥皂清香去报社上班，却发现自己的桌前围着人。一问，才知是总务办公室派的，说上面有命令，帮商影年换办公桌与办公设备。原本用的那套，一直是她进报社时仓促找来暂用的，谁承想也用了将近一年。商影年横竖没什么好说，领导有令，不容你置喙。她将自己的文具杂物归整到一个纸盒里，见办公桌上放着刚出炉的报纸，便拿过来翻开社会新闻版，目光锁定在一篇再寻常不过的图片新闻上，救助基金已经成立了，成立初期，收到仲恒基建三十万元捐款，而报社也以报社总编辑名义捐款五十万元。

上报纸的不是囡囡，而是仲恒基建的企业代表。

商影年找个僻静角落给陆巧鸣打电话：“巧鸣，我问你件事。”

“说。”

“仲恒基建写字楼那个广告，花了多少广告费？”

“这个是商业秘密欸！”

“我不和别人说，纯粹八卦。本来这个稿子就是我跟。”

“好，好，我说。硬广部分，封底与插页，整版广告，连发一周，两百万，怎么？”

“没怎么，好奇而已。”商影年回到自己位置，太阳穴隐隐作痛。

“啊，对了，我刚看到报纸。那个火灾的稿子原本是你写的，建立救助基金这个事情，照理也应该是你来写啊，怎么换人了？”

“王主任的意思。”

“是不是有人说什么话？那些人，也就这点水平。别人做出点模样来，就说换他能做得更好；要是做不出来呢，就抱怨没给他留好机会。”

“我没什么所谓，就那么点工资。做什么新闻都无大区别。”

“吃亏是福是吧？到时候吃到黄连，看你说不说苦。”

商影年笑，这个二十四孝好友陆巧鸣，只有她肯为了商影年疾恶如仇。

“还有，你们尹总最近如何？”

“不知。”商影年压低音量，“我要去忙了，回去再说。”要刻意回避一个人，其实不难，尤其是当对方也正有此意的时候。

“想不到他一捐五十万。果然和我们不是同一层次啊。”

商影年挂了电话，看看时间，正好快到晨会时间，于是去会议室报选题。

今天主持会议的，却不是尹年，而是国际新闻部的副总编辑。商影年读着手里的选题，一时之间并不知道，心头隐隐的失落究竟是为了什么。只有掌心残留的一点点痛，像余火的微温，提醒着他曾给过的关怀。

会议结束慢慢走回到自己的办公室，发现桌子已加大一码，老旧的台式电脑换成液晶屏幕。空间一下子宽敞许多。偌大一个办公室，不时有人朝这边看，还有人借故路过，打量那台新电脑。商影年不知说什么，干脆当什么都没发生。倒是小邵到学校交了论文回来，见到新桌子与新电脑，着实高兴了一阵子。孩子就是这点好，容易取悦，叫付出的人觉得值得。

手里的电话响，是傅政勋。

“有没有空？下楼喝一杯。”

“你在哪里？”

“楼下。我刚才来报社关心基金和报道的事情，才知负责的记者换了人。”

商影年想此刻离开办公室也好，去哪里倒没什么所谓。

傅政勋见到一头短发的商影年心痛不已，忙不迭倒出上次来不及发泄的情绪："为什么把头发剪了？好端端一头长发，你怎么……"

商影年深呼吸："傅先生要是实在看不过去，我这就回报社。"

傅政勋投降，一言不发地开车带她去酒店附设的咖啡馆。商影年点一杯冰镇巴黎水，再要一片青柠，取过吸管慢慢喝。傅政勋要了杯美式冰咖啡，不说话。她也正好没有开口的意思，发现餐巾盘中有一张餐巾放倒了，于是伸手将那张餐巾翻过来，然后一张张细细叠好，放回原位。傅政勋看着她的一举一动，突然叹息。

她抬起头看他，黑色的眼睛平静无波。

"你以前不会注意这些细节。"他怀念她曾经惘然若失的神情。那个属于他的、接受他照顾的、常常神情恍惚的长发女生。而他们的结识，正是因为她的粗心。

商影年想起的，却是版房里尹年修改过的版样，他曾一笔一画，改正她犯下的每一个细小错误，标点与措辞，启承与转折。

从此以后，他将总是在那里，在她的字里行间。

"和巧鸣公司的合作，顺利吗？"

"很顺利，事实上，陆经理今天晚上有意请我吃饭。"

"那多好，陆经理是个优秀的女生。除了拼事业，也要懂得为自己把握机会。"

"你呢，就不为自己打算？"

"我很好。"

"看得出来，那个尹总很关照你。"

商影年垂着睫毛，咬住吸管轻声道：“他拿你的支票，但没有放进自己的口袋，而是捐给了基金。你，为什么要误导我？”

“你对那个尹年比对我要好，我觉得自己有权利小小报复一下。”

“他的身份你最清楚。傅政勋，你这算是无理取闹吧。”商影年不怒反笑。

“我没想过和你讲道理，影年，我一直在和你谈感情。”

“感情？”商影年像是又听见一个不好笑的笑话，她利落地放下手里的玻璃杯，看积聚的水滴在桌上画一圈模糊的印子。

“影年，是你误导了你自己。我从没说过，他会怎么处理那笔回扣。为什么你这么不愿意相信别人，包括我？”

不是我不相信别人，只是我不相信自己，不相信自己值得拥有世间美好，不相信自己还能获得幸福。商影年在心中这样黯然地想，等抬头的时候却已经换上一脸倔强：“这是我的自由。”

“自由是不是你一切作为的理由？如果这样能让你开心，我不反对。但你却并不开心，所谓的自由，倒更像是在自我放逐。”

商影年笑了。长睫毛下，晶莹的眼睛，挑衅地看着他：“是这样吗？那你大可不必追来。”

傅政勋暗自骂一声“该死”，越过咖啡桌将她拉进自己怀里，然后他尝到她嘴唇上润唇膏的味道，带着薄荷和青柠香气，带一点点甜。

商影年没有挣扎，毫不反抗地等他自己结束这个吻。然后从口袋里掏出一张纸钞放在桌上，转身离开。

傅政勋坐在单人沙发里，静静等那薄荷与青柠的味道在唇角转成苦涩。挫败感如冷水淋透他的身与心。

原来，他真的已经失去了她。

或者，他不曾真正拥有过。

只是“放手”这两字，真要做到，谈何容易？

-2-

城市的上空飘起雨来。

与灰尘的味道一起沉淀下来的，是桂花香气。

在某个多云的早晨，商影年出门前穿上了入秋以来的第一件外套。

原来，是秋天了。

尹年换值夜班，不再出席新闻晨会。

只是在工作的间隙，商影年才从别人口中隐约得到他的消息。照例是出差、开会、值班、签版，好像从来没有休息的时间。而她陆续写了几个好稿，得了一次感冒。小邵则顺利毕了业，成为商影年的同事，却依旧像个孩子一般，喜欢挨着商影年坐。

报社举办的中秋晚会还在新年聚会的那个酒店，跑完新闻的记者和做完版面的编辑聚在一起，好一阵吃喝玩闹。吃完饭，又到楼上酒吧唱歌跳舞。商影年坐在暗中，适才被迫喝下的半杯葡萄酒在她体内发酵，把眼前的热闹场面酿成舒适的微醺。

只是，这次尹年没有出席，听说他又出差去了，代他致辞的是副总编辑。好像已经有数个季节没有再见到他。

“影年。”有个声音突然响起。

商影年蓦然抬起头来，却是王主任，向她伸出手来：“来，跳舞。”

商影年一时无措，不言不语看着他的手。

旁边的同事见状纷纷起哄：“没有诚意，哪有这么邀请美女的！”

“就是就是，太草率了吧……”

王主任一抬手，打断这些叫嚷，然后躬身道：“不知美丽大方聪慧善良刻苦上进的商影年商小姐可否赏光，与我共舞一曲？小生姓王名易，字克难，若得商小姐垂青，三生有幸……”商影年啼笑皆非，速速起身拉起王主任走进舞池。身后爆发一阵口哨与掌声。

待在舞池站定，商影年才发现这是一曲华尔兹。

“主任，我不大会跳华尔兹。”商影年面有歉意。

王主任笑：“有什么关系，只管跟着我走路就好，跳舞不就是这么回事？”

想不到，王主任还是跳舞的高手。商影年轻松地跟上他的引领，踩着节奏，灯光在眼前模糊成一片熟悉而遥远的璀璨光华。

“我和尹年认识快二十年，我们是大学同学。跳舞，还是一起在学生会里学的。”王主任轻轻扶着商影年的腰，看进她的眼睛，“他这个人，做什么都要做到最好，功课是这样，工作是这样，连跳舞也是……”

商影年侧过头，仿佛在辨认着乐曲节奏，没有接王主任的话。

“啊，说曹操，曹操就到。”王主任停下了脚步，商影年顺着他的视线回头，是尹年。看样子他刚出远门回来，外套挂在臂弯里，依旧是白色衬衫，没有系领带。服务生过去问他要不要饮料，他摇了摇头。然后他转过身来，迎上商影年的目光。

她没有错过他眼角眉梢那一丝浅浅的倦意。

“尹总，来得早不如来得巧，要不要请我们社会新闻部的年度优秀员工跳支舞？”王主任将商影年推到他面前，一手拿过尹年的外套。

商影年听见他干脆地答一声：“好。”微笑浮上他的嘴角，然后漫进他深邃的眼眸。

“对不起。”商影年轻声说。

尹年什么也没说，只是向她伸出手来。

商影年正要伸出手去，口袋中的电话却尖锐地响了起来。是傅政勋。只一句话，尹年就见她总是平静的脸上变了神色。

“我有急事，要先走一步。”她正要离开，又转身对王主任道，“主任，我明天可否请一天事假？”王主任点头答应，她说声谢谢，快步走了出去。

“影年……”

听见身后的呼喊，商影年在走道的尽头停下脚步，回过头去。

是尹年。他跟了出来，站在空阔的大厅里，轻轻掩上身后的雕花木门，把乐声与喧嚣都隔绝在门的另一边。巨大的枝形水晶吊灯在他的脸上投下明灭不定的暗影，看不清他的表情。

他的手微微动了一下。

这个细微的姿势却像是莫大的鼓励，商影年鼓足勇气折回来，轻轻拥抱尹年，然后不等他回应，又匆匆转身跑下楼梯，跑进初秋飘满桂花香气的夜色。再也没有回头。

傅政勋的车在酒店门口等。商影年一上车，他二话不说踩下油门。车闯过红灯，驶上环城公路，然后上高速。

“他，怎样？”过许久，商影年才开口问。路边的告示牌在车灯的照射下显示着车程，然后隐没入浓浓的黑暗。

“突然昏迷，心室有杂音。现正急救。一有消息，陈叔会打电话过来。”傅政勋看着前方，全速驾驶。

商影年握紧了拳头。

她不知道，心底的恐惧是什么。那次陈叔来找她，想说的就是他的健康问题吧。但他是商仲恒，情愿骗自己女儿是公司有问题要她回去，也不要告诉她真相。

他已经低过头，再也输不起。

原本两个小时的车程，傅政勋用了不到一个半小时就赶到了。

两人脚步匆忙走进私人加护病房，听见的却是商仲恒的笑声。

“小影，你来了。”商仲恒抬手和女儿打招呼。要不是他手上的输液管与床边的呼吸机，商影年几乎要认为这是场骗局。

“你觉得怎样？”

“很好。就是你陈叔，太紧张。”

“老商，心脏的问题，不是小毛病。”陈叔开口，“医生说，你的血压和肝脏情况，都不乐观。”

“好，好，好！”商仲恒摆手，“帮我问问医生，能不能给我一晚上的假，让我请女儿吃顿消夜。”

“商总……”这回出声制止的，是傅政勋。

“我不饿。”商影年结束这个话题。

“政勋，带小影回去休息吧。这一路，大家都累了。明天我和医生说一声，大家一起出去吃个饭。”商仲恒吩咐道，“这医院的营养餐真是可以吃死人。”

商影年也没有说什么，转身走出病房，站在走道上等。

“我给你订了酒店房间，离医院只有五分钟车程。或者……你回家住一个晚上？”

“回家？”商影年抬起一边眉毛。

“那，去酒店。”

傅政勋开车送商影年到酒店：“我就在隔壁房间。有什么事，叫我。”

醒来时，手机里有两条留言。一条是小邵，问商影年发生什么事没有去上班。

一条是傅政勋，说他必须回公司去处理一些公事，稍后将由他的秘书送商影年去医院。商影年洗漱完毕，下楼。大堂内一个秀气的女孩子迎上来：“商小姐，傅特助临时有事，他让我送你去医院。我是他的助手，方婉春。”

商影年想一想，道：“不用麻烦了，医院从这里走过去，不过十多分钟路程。你先回去忙吧。”

“商小姐……”

“放心，我还认得路。”谁会在自己从小长大的地方迷路？

病房内，商仲恒已经换下了病服，穿着睡衣在看文件。见到商影年，吩咐护理斟茶拿点心。说是病房，倒不如说是他的行宫。

“现在做记者？”

“是，社会新闻部。”商影年答。

“看过你写的报道，比别人写得好。”他的神色，似是有几分得意，“我商仲恒的女儿，做什么都该比别人好。”

商影年不说话。

“记得你小时候，作文成绩就好。但我还是让你读理科，大学又读金融贸易。我商仲恒的女儿，头脑不会差。现在做记者，不觉得浪费？”

“我觉得记者这份工作很不错。”

“那几千块工资，吃顿饭、买条像样的裙子够不够？”

“现在已经不流行吃吃喝喝那一套了，大家都是文明人，讲的是效率。”商影年抿一抿嘴，“再说，赚钱也不是什么难事，难得的是自己喜欢。”

“这倒是。”商仲恒笑，“我正筹划投资百货业，都说衣食父母，谁也缺少不了，必定是门好生意。你不如回来帮我，工资要多少你自己开。”

“有钱难买开心。”商影年结束这个话题，“你身体怎么样？看陈叔脸色，他是很担心的。你别老让他为难。”

“我很好。董事会不过是要钱，用钱能解决的问题，都不是什么大不了的问题。”

“我说的，是你的身体。”

“哦，健康。”他低头想一想，才说，“这倒的确是钱不能解决的问题。”

“怎么不能？”商影年提高声音，“最好的医生，最好的药，最好的疗养，这些你都付得起。”

他抬头，过半天才说："小影，有你这句话，就已经足够。"

商影年扭过头去，看着合拢的落地窗窗帘。

"最近，我梦见你妈妈。她还是我们刚认识时那么年轻，她说：'你什么时候才会有空陪我？'问了这么多年，也是时候答应她。"

"你，怀念她？"

"也只在不太忙的时候。"

"这么些年，你为什么……没有再结婚？"商影年小心组织自己的词汇，两人之间，有着太多暗礁险滩，"你以前那些女朋友中，难道，就没一个好的？"

商仲恒听完商影年这个问题不禁愣住了。也是，除了她，还有谁会这样和他说话？商仲恒随即大笑起来："都说生命是轮回，真是不能不信。你看，那时候我忙着撮合你和政勋，现在换你来关心我的感情生活了。"

"我是认真的。"商影年没有笑，"有人陪，日子好过一点。"

"一次就够了。有些错误，犯一次就够了。"商仲恒答，他的手交叠在胸口，目光投向虚无的某处，仿佛很倦很倦，"我曾经对不起你妈妈，但以为夫妻一场，总有时间补偿。还以为，那些误会，根本没有解释的必要。却不知，这样怠慢的想法错到离谱。她太伤心了，不肯给我机会回头。"他的那声叹息这么重，是因为歉疚还是想念？

事到如今，商影年才知道，原来大家都错了。父亲辜负母亲的情意，沉迷名利，流连欢场；而母亲懦弱偏执，多疑猜忌；她，商影年，则奢望别人不能给的关怀与爱，还以为那是世间理所当然的事。

当母亲何秀蓉在那个晚上切开自己的血管，她也在所有商家人的心上切开了一道不能愈合的伤口。那些没有来得及说出来的情感与悔恨，这么多年来如同汩汩而出的鲜血无声流淌，热且痛，却无人理会。

我们都太专注于自己的伤口，忘记了要去握住别人伸出的手。从此我们只是朝着不同的方向闷头赶路。以为努力不去触碰，伤就能在遗忘中愈合。

只是，它在那里。经年累月。

凝结成不可弥合的疤。

“商总，陈局电话。”陈大总管举着手机进来，将手机放在商仲恒耳侧。

“啊，陈局，你好，你好！今晚在醉月楼的晚饭，你可一定赏脸。我让大厨准备了你最喜欢的醉膏蟹……”商仲恒一边放下衣袖，扣上袖扣，一边讲电话，声如洪钟，丝毫听不出是个病人。

收了线，商仲恒一边吩咐陈叔备车，一边对商影年说：“来，先陪我去吃个早茶，中午见见几位叔伯，晚上还有几位，你都认识一下。”

“叔伯？”商影年笑，“我记得你是家中独子。”

“有很多人，一起同桌吃饭的时间比跟家人吃饭的时间还多，岂不是比亲人还亲？”商仲恒对女儿言语间的讥诮并不以为意，兵来将挡。

坐到车上，陈总管从前座递过来一张日程表，商仲恒从上衣内袋中掏出眼镜来，逐一浏览。

“你，需要好好休息。”商影年开口。

陈总管在后视镜里看着她暗下来的眼眸，欲言又止。

“有些事再不做，就来不及了。”商仲恒没有抬头，“老陈，市政规划那边，你也帮我安排个时间。尽快。”

车在路口停了下来。商影年看着亮在半空的红灯，再看一眼商仲恒手里的日程表，推开车门下车，然后摔上车门，头也不回地快步穿越车流，坐上停在路边的一辆亮灯的出租车，对司机说："麻烦你，到火车站。"

出租车才开出两条街，手机就响起来，是傅政勋。

"你在哪里？"

"我要回去上班，没有正式请假，不能耽误太久。"

"工作什么时候变得这么要紧？"傅政勋叹息，"你刚才为什么不告而别？"

"没有用的，政勋，没有用的。"商影年挂断电话，闭上眼睛。

困倦已极。

绕了如此远的路，商影年到现在才不得不承认自己心底那个不切实际的想望。原来，这么多年，这么多伤痕过后，她依旧奢求和解，依旧期望人会改变，依旧如幼稚孩童一般，以为所有的故事都会和童话一样，值得一个快乐结局。

只可惜，在我们的这个故事里，没有王子与公主，只有无尽荒凉。到头来，期盼最多，也错得最多的那个人，依旧是她。

-3-

在车站买票，人多嘈杂。还有人时不时过来试图插队。商影年拿出十二万分的耐心来等，还要在拥挤人群中注意自己的随身物品，真觉得捉襟见肘。突然听到售票员在玻璃那边扬声道："那你是要买一百张车票吗？"语气是百万分的不满。

"不，一张就够了。"原来终于排到自己了。商影年语气平和，也不辩解。

"刚才问你你又不说！"他似乎非常气愤，但无处发泄。

接过找零与车票，商影年不忘记透过窗口对那售票员道："谢谢！"这就是现实的面目，从多年前决定走出商仲恒庇护的那天，就已经知道。秘诀不过是一个"忍"字，总有一天这肉身会锻造出全套金刚盔甲，从此刀枪不入。不过在这一天到来之前，商影年心下深知越是气愤的时刻越是该保持冷静理智。敌人之所以重要，是因为他们会诱发出你体内最优秀或最恶劣的部分。

就如同是，一面暗的镜子。

所以这些年她埋头打工也好，采访写稿也好，在互相倾轧的办公室政治关系里也好，总是将双手藏在口袋中，分寸得当地保护着内心的自我。如同幼小的鸟类，懂得珍惜自己的羽毛。

也只有在这样的谋生路上，商影年才渐渐不再有时间记得，自己手心里紧紧攥着的那份对童年快乐的想念，就像握住一块冰，它使她甘愿将身外的温暖灿烂通通放弃。如今的见面让她再次想起，在父亲商仲恒面前，她不过是那个孩子。而她手里的这块冰，尽管无法松手放弃，但也终不是开启幸福将来的钥匙。

于是不懂哭喊的她，只能选择安静倔强地站在他门外。总是用互相伤害的方式，作为沟通。

只是，季节与人生，就这样呼啸着过去了。不管人世的喜乐，唯留下白色尘埃，落在彼此的肩上。

火车摇晃着驶出站台。车厢里有讲电话的声音、婴儿的啼哭，广播里播着老旧的音乐。

斜对面的位置上，是一位带着孩子的年轻母亲。男孩四五岁年纪，在妈妈膝上坐不到一分钟，已经坐不住，扭着身体要求下去玩。孩子妈妈千叮咛万嘱咐地放了手，一下地，孩子就欢叫着跑起来，没想到才跑几步就被走道中的旅行箱绊倒，狠狠摔在地上。妈妈疾步过去搀扶起孩子，未等孩子出声，已经挥手打上去。惊惧之下，孩子放声大哭起来。

“谁叫你乱跑，不是告诉你要小心？！”孩子不知如何回答，抹着眼泪一个劲地哭。做母亲的叹息，掏出纸巾来帮孩子擦干眼泪，才放柔了声音问：“告诉妈妈，有没有摔到哪里？痛不痛？”孩子抹着眼泪摇头，怯怯地伸出手来要妈妈抱。

商影年注视着那孩子在妈妈怀中哭着睡去，泪水渐渐在他稚嫩的脸颊干涸。专注之间，不禁红了眼眶。或许他要到很多年以后，自己为人父母之时才会领会，母亲此时的责怪只不过是替他的伤痛心疼。

那是因为太过心急，所以不知该如何表达的在乎。

商影年掏出电话来，拨通陈叔的号码：“陈叔，是我，小影。嗯，上车了，一切都好。陈叔……我爸爸，只听得进你说的话，他就拜托你多照顾。”

昨夜在酒店，因为担心，一夜没有睡好。随着列车行驶的节奏，商影年靠在摇晃的车窗上盹着了。她梦见窗外的景色像潮水一般漂浮起来，然后她看到一个长头发的女子站在激流之中拼命朝商影年挥手，仿佛有重要的事要告诉她。商影年将双手贴在车窗玻璃上，拼命想要看清她的表情，但她总是在快要靠近的时候被激流卷走。终于，她接近了疾驰的列车，而她，长着与商影年一模一样的脸。

惊急挣扎，陡然醒转。神志恍惚中，只闻到自己皮肤上酒店沐浴液与洗发水的气味，一时之间不知道自己在哪里。过半刻，才想起自己是在回去的火车上。起身到盥洗室洗一把冷水脸，再回到座位上时，窗外已显现出城市熟悉的轮廓。商影年不禁要感慨，这座原本不过是寄居的城市，今时今日，竟然已能让自己觉得安心。

这么说来，我们毕竟还是有几分选择的自由。

走出站台，看看手表，已经过了中午。横竖是迟到了，商影年步行到公交车站坐公交。路过报社楼下的街道，牵着两手气球的女生迎上来，将两只红色气球递到商影年面前："小姐，送给你。祝好心情！"

原来是店家在做促销。"谢谢。"商影年接过气球，心情也轻快了几分。

走进报社大厅，正好有电梯，商影年牵着气球快走几步，赶了上去。

每层楼都有人下，电梯里渐渐空落起来。商影年耐心地等电梯缓缓上行。突然，身后一个声音道："回来了？"

尽管内心震动，商影年却没有回头，只是答："是。"

"一切都好？"

"是。"

"气球很漂亮。"尹年并没有走近，依旧站在她身后。

“谢谢。”

“为什么不开心？”听见他这样问，商影年终于回过头来，注视着她的是一双平静的黑色眼眸。这让她怀疑，适才语气中的关切是她的错觉。

“要不要气球？送你一只。”

“气球是小孩子的玩意。”尹年客气地笑，双手背在身后，“早上的晨会没有见到你。一条原本想让你去跟的新闻，派给了你部门的同事。”

“好。你重新主持晨会了？”

“是。”

电梯门叮一声打开，停留在尹年办公的楼层：“我到了。”

“再见，尹总。”

“再见，影年。”

这样得体，这样客气，连自己都要赞赏自己的演技。

一进办公室，小邵就已经叫着跑过来：“Big news！”

“怎么，跟到大新闻？”商影年把手里的气球塞给小邵。

“气球是小孩子玩的嘛。”小邵嘀咕。

呵，他也这么说。商影年笑。

“等等，你笑这么暧昧，谁送的？”小邵发现蛛丝马迹，自然不肯轻易放弃。

“楼下奶茶铺，你没看见上面的商标？”商影年倒杯热水，慢慢喝，“你刚才说的大新闻是什么？”

“啊，真是大新闻呢。”小邵拖了自己的椅子过来，凑到商影年耳边，压低了声音，“编辑部的何编辑，你知道，长头发，总穿高跟鞋那个，怀孕了。”

商影年想一想，想不起自己认识这么一个人：“怀孕很正常啊。”

“她还没结婚呢！”

“先上车，后补票。或许人家想晚点结婚呢？”说到这里，商影年端正了语气，认真道，“但你不许学坏，知道吗？”

“知道了啦。问题是，听说她男朋友要和她分手……”

“喂，你这个小孩这么八卦，不如转去文娱部。”商影年一口气喝掉茶杯中的水，满足地叹息一声，仿佛那是玉露琼浆。一早上滴水未进，仿佛打了场仗，刚从前线退下来。

“才不要。艺术创作哪有生活精彩？”

“看你这个不务正业的样子。稿子写了吗？”

“写了。在稿库里，你看一看。”

商影年打开编辑系统，是篇追踪中秋夜饭店饮食安全的稿件。啊，中秋夜，可不是人月两团圆？商影年苦笑。一看署名，前面是商影年，后面跟一个邵欣喜。

“你的稿子，写我的名字干什么？”

“我是你的实习生啊。”

“小邵，你已经过了试用期，正式成为新闻部员工了。所以，现在你不是我的实习生，我们是同事。”

“你嫌弃我了，不要我了吗？失去你的庇佑，弱小的我，将如浮尘，在这茫茫宇宙何处飘荡？”

“你看太多徐志摩？”

“不，是郭沫若，新诗，新诗！”

“你这孩子，这么明媚，家长那边一定很头疼吧？”

“看你回来，高兴嘛。对了，你要不要家访一下？我妈一直说要请你到我家吃饭呢。”

“早先怎么没听你说起这事？”

“你忙嘛。”

“我是很忙。反正今天没我什么事了，要去趟银行。这稿子我看不错，你传给主任吧。”

“好！”

到银行，取完号在大堂等候。百无聊赖，拿出音乐播放器来听。20G的播放器里，不过一首老鹰乐队的*Desperado*，《亡命之徒》。显示屏上，终于跳跃起商影年号码纸上的数字，她走近柜台，将准备好的银行本票与身份证件递给银行工作人员。工作人员看了看那张本票，抬头对商影年说了什么。正听着音乐的商影年一时没听清楚，愣了一下，拿开耳塞，问：“对不起，你说什么？”

穿制服的经理已经从办公室出来：“商小姐，不好意思，可以耽误你几分钟时间吗？”迷惑的商影年拿起递还的本票和证件，随那位经理走进宽敞的贵宾接待室。刚坐下，已经有服务员沏了龙井进来。

“是我的证件出了什么问题吗？”商影年不解。

“当然不是。只是想问一下，商小姐，作为我行的贵宾客户，你是否考虑个人理财计划？”

“是不是我记错，贵行的贵宾客户起存额度要求不是五百万吗？我这点钱，不够参加什么理财项目吧。”

“商小姐客气了，你的这笔存款对个人账户来说，已经不算小数字了。”经理取过介绍目录过来，“有好几个理财项目可供商小姐你选择。”

商影年摊开手里那张被折得有些褶皱的本票，重新看一遍，才发现这已不是她当初开给商仲恒的那张，因为原本的数字后面，多了一个零。

如今，这笔存款确实不算是个小数目。

“谢谢你的建议，我会考虑。这张本票，麻烦你先做成定存，可以吗？”商影年抬起头，将本票与证件递到那位经理手中。

“当然。商小姐，这边请。”

离开银行，走在暮色渐浓的街上。风里，有一点温润的凉意，夹着饭菜的香气。自行车铃声与汽车喇叭在马路上响成一片。在身外的这个世界里，一切依旧混沌、热闹、亲切。

商影年紧紧抱着手臂，仿佛是要抱紧内心里的那个自己。正迷惘间，口袋里的手机响，是陆巧鸣：“影年，你去哪里了？一起吃饭？”

“好。”商影年高声答，“巧鸣，这一顿我们去吃好的，我请！”

“怎么，发了横财？”

“你说是就是吧。”商影年挂上电话，笑了。

走到这一步，清楚地看见命运的深沉。那无形而绵长的黑色暗影。可惜依旧太年轻，没有足够的智慧清醒地站到离自身一步远的地方，无法超越自身种种的限制，也许正因为如此，才会有悲伤。但又能怎样？

不过是今日你欠的，来日你还。

-4-

在餐厅坐下，陆巧鸣一边脱外套，一边端详商影年的眉眼。刚才电话中的热切已经退去，回复那平常的面目，眉眼之间有一点倦，不见喜色。陆巧鸣故意开口逗她开心："学坏了哦，玩夜不归宿……"

"临时采访任务，出差。"商影年研究着菜单。

"不是去酒店？我倒是不怕你学坏。"陆巧鸣眨一眨眼，心照不宣的样子。

"晚上确实是住酒店。"商影年仿佛依旧不为所动，其实偷偷笑弯了嘴角，她抬手叫来侍应生下单。两人埋头吃饭。一杯清酒，一桌寿司鱼生。结完账商影年在银行回执上签字，发现上面写着：幻影。Haiku，听说了这么久，从不知道这家餐厅原来有这样一个中文名字。

一切如梦如幻，如电光泡影。

吃完饭，两人肩并肩散步回家。因为那杯清酒的缘故，深秋的风吹面不觉寒。法国梧桐的落叶打个旋，掉在商影年背上。她被吓到，大叫着跳开，被陆巧鸣一阵数落。两人在无人的街头笑闹，在夜色里，整个城市隐去了轮廓，一切似乎都变得容易一点。

"巧鸣，你说，我们现在回头，这餐厅会不会突然消失不见？"商影年静下来，将头枕在陆巧鸣的肩头。路灯的光疏疏落落洒在她脸上，眼角眉梢有浅浅的疑惑，在夜色里化成惆怅。

“那我们要回去仔细找找，说不定会有遗落的金银细软，能发笔横财。”陆巧鸣也有些醉，附和她的疯言疯语。

但是两个人谁都没有回头。

白天借着外出采访的机会，商影年又去看望顾西云。二老都在家，满头白发，精神却已好很多。顾西云的孩子快一岁了，红润的苹果脸颊，正在咿呀学语。商影年过去坐在床边，拉起顾西云纤细苍白的手，帮她按摩疏通血脉。然后从背包里拿出播放器，调到合适的音量，将耳塞放到顾西云耳中：“对不起，我只有这一首歌。不知道你是否会喜欢。要是不喜欢，请醒过来告诉我。”

“亡命之徒，你何时才能够明白，你所要的一切，原本唾手可得……”

顾西云沉沉睡着，不做回答。

“西云，你是我的睡美人。”只是顾西云依旧沉睡，对这样的赞美置若罔闻。

“我可不可以羡慕你？”商影年低声问。这世上，有太多人爱得潦草肤浅，心脏仿佛结了霜。也有人爱得太偏执过火，眉焦目盲。我们先是错太多，然后又错过太多，到最后究竟能有多少人可以与对的那个人相守？

如今，已经没有人可以再打扰她，她也不用再面对爱的种种煎熬，苦苦思索对与错的命题。

坐半日，商影年将身上的现金装入信封，放在顾西云枕下，起身告辞。

到报社楼下，却看见一辆熟悉的车。车里下来的正是陈大总管。

“小影，正要给你打电话。”

“是不是等了很久？”商影年笑问。

“瞒不过你。不想打扰你工作，本来算准了在你下班时间来。没想到今天交通好，到得早了一点。”

“陈叔，对不起，累你老是跑这么远的路。”

“呵呵，没有的事，我当这是放假。”老好人陈叔，笑得温和。

“那，可否赏光陪我吃顿晚饭？”商影年伸手挽住他臂膀。

“荣幸之至！”

商影年带陈叔在上次的刀削面店坐下，按老规矩点两碗面。

“他怎么说？”

“你爸？他说，你这臭脾气也像他。”

“可不是。”

“小影，幸亏你先走，那天那顿饭，还真难吃。”

“自然比不上这刀削面。陈叔，多吃点。”

陈叔埋头吃掉半碗，停了筷子。

“味道好，可惜岁月不饶人，年纪大了，没口福。医生吩咐要忌口，开出来张单子，一看，不能吃的偏偏都是我喜欢的。”

“陈叔，你帮我带句话给商老板：钱确实能做很多事，但钱有时候也会帮倒忙。他给太多生活费了。一有生活费，孩子就更不容易听话。”

陈叔笑：“本性难移啊。况且人老了，改起来更不容易。”

商影年叹息。这世界上，大概只有两样事情永远无法尽善尽美：为人父母以及统治国家。所以我们说：天下没有不是的父母。

司机将车开过来了，停在小饭馆门口。

“陈叔，抱一抱。”

“这孩子。”陈叔伸出手来，将商影年拥进怀里，轻轻摇一摇，就像她年少时候最喜欢的那样，“你爸要是知道走这一趟会有这样的福气，要妒忌我啦。”商影年久久不肯松手，恋恋不舍地一直目送陈叔上车离开才往办公室走。

大楼门口站着尹年。商影年情不自禁挑一挑眉。

“看来你吃过晚饭了，真不巧。”他并不提问。

“还能吃个点心。”商影年默契地跟上他的脚步。

小饭馆的伙计看见她，热络地大声招呼：“商记者，又回来啦！”

尹年微笑，长眉绵延。

商影年在刚才的位子上坐下来，要杯热茶，看尹年埋头吃面。

报社的工作人员中，除却广告部的职员，都不用穿正装，一来工作内容不需要应对正式的商务场面，再则休闲衣着方便大家甩开膀子抢新闻、做版面。而尹年时常穿深色两粒扣手工西装，配白色细纹衬衫。他偏爱棉麻质地，到下午就有些皱了，可是他举止洒脱自若，反而有豁达坦荡的意味。

商影年将热茶杯握在手中，看着他姿态中让自己折服的平和沉稳。

“那天，为什么事担心？”

“哦，你还记得。”

“因为没见过你脸色那样差。”

“我父亲……他身体不好。”

“要多照顾长辈。关心父母，有时不是因为父母需要，而是出于我们自己的需要。”商影年点头，默默记下他的话。过半晌，商影年突然又说：“那天，对不起。”

“以前总说谢谢，现在你又总对我说对不起，这一句又是为什么？”

商影年埋着头不回答，尹年想一想，忍着笑意说：“没关系，随时奉陪。”

“听说你又拿到了月度最佳稿件奖？”他想起刚才看到的文件，很绅士地换了个新话题。

“不是多亏有你尹总照顾吗？”商影年喝一口茶，闲闲地答，却依旧不敢抬头。伴随这个好消息一起来的那些闲言碎语，他怕是永远都不会听见的。优秀稿件奖获奖名单贴在走道的公报栏里，有人大声说：“写什么稿子没关系，关键是谁写的。”小邵听见气急，说给商影年听时脸都涨红了。不过商影年自己并没什么所谓，所以心安理得坐在这里陪他吃晚饭。

只挑选值得的敌人，并且学会尊重他，与之竞争。其余的人与事，不过草芥。

“我想，报社上下没人敢说我护短。”尹年仿佛知道她在想什么。

“是他们不够胆量？”

“是我做事够公正。”看着她调侃的神色，尹年无奈。

“眼光也够独到，且领导有方。”商影年落力吹捧，半真半假。

“的确是这样。还习惯现在新闻部的工作吗？”尹年好整以暇，对她的“奉承”照单全收。

“非专业出身，又横竖不是天才，所以没大压力。也听人说，那个商影年写稿不过罗列所见所闻，剪刀糨糊，态度冷漠，没有社会喉舌之责任感。”

“个人的情绪不重要，个人的观点才是灵魂。”

“也有人批评说，观点模糊，模棱两可，有时还过于无情，缺少良心。”

“记这么清楚？我以为你甚少在乎别人的看法。”尹年放下了筷子，凝神看住她消瘦脸庞。

“尹总，人是社会的动物。过马路，也要左右看仔细。”商影年拿出陈述事实的口吻，“不过尹总您放心，没压力不代表不要求进步，我在报社也不是白拿工资的。”

“我只怕你太用功。对了，这顿饭该你请。”

“为什么？”

“一年获得三次以上最佳稿件奖，加工资。”

“真的假的？”

“报社的规定，白纸黑字，我怎么会记错？”

“你连我拿多少工资都知道？”

“报社每项预算与开支最后都是我签字，你说我知道不知道？”

“哇……真是能干，那你需要请秘书吗？”商影年做出景仰状。

“我确实有两个助理。”又见她如此开怀，尹年放下心来。很多问题想问，但无从问起，所以偷懒，只要能见到她开心就好。

“那还缺不缺人手？”

“编辑部那边，倒真少一个社会版编辑。”尹年挑一挑眉，“要不要帮我这个忙？”

“当初你为什么把我调到社会新闻部？”

“因为你会是个好记者。”事实证明他是对的。

“那你现在想调我到编辑部又是因为什么？”

他侧首想一想，仿佛这是世界上最为重要的问题。然后他答：“因为你会是个好编辑。而且，在一个地方站久了，脚会冷。”

“那你在这里当总编辑多少年了？”商影年问。

“七年零五个月。”尹年毫不犹豫地回答，“确实也够久。”

“并不是每项决定你都询问对方意见，是不是？”

“的确。”

“谢谢，但我需要时间考虑。”

“好，我等你的决定。”

在公交车站，商影年拨通了那个数年不曾拨过的号码。公共场所，大家都比较懂得注重仪态、控制情绪，所以也比较安全。商影年吸一口气，等商仲恒来听。

“小影吗？”电话那头是商仲恒，语气不再是当初的响亮。

静默很久，商影年终于开口：“爸，是我。”温热的液体从眼角滚落，大颗大颗滴进尘土中。

电话那头的商仲恒也静默。

“那张本票，我存了起来。你没有必要给这么大的数目，现在的工资足够应对生活开销了。”

“小影，我知道你很努力。”商仲恒清一清喉咙道，“但道歉需要诚意。我们之间的问题比较大，所以，我的诚意也要足够大。我这样年纪的人，是非还是懂的。”

“爸，你多注意身体，多休息。生意总是做不完的。”但光阴总有限。

“我知道。小影，有空的话，回来陪我吃顿饭。”

“我会的。爸，再见。”

时间过得这么快，我们学得如此慢。但总算，在大大小小的挫败之中，渐渐学会了原谅别人，也学会了原谅自己。

PEAR

Chapter 4 陪你一段

只想要走到你面前说：
请带我走。

Chapter 4

-1-

商影年头昏脑涨地坐在医院会议室的长椅上。

空气里有人群的味道，消毒水的味道，防腐剂的味道……生、老、病、死，都在这一方屋檐之下。这种种之间，最难的原来却不是死，而是生。

不知这是否就是天堂的样子？明亮的白色灯光，遥远的脚步声，药瓶刀剪撞击着不锈钢器皿叮叮当当，脚踩在大块灰色地砖上，却如同走在云朵之间。商影年摊开手里的采访手册，写下的字却一个个飞了起来。

会议桌后的尹年在晨会结束时抬手叫住了王主任。

“殉职警官捐献器官的那个稿子，你派了谁去跟？”

“这样的稿子，当然是商影年。”

尹年低头，手指敲着会议桌。

“怎么？”王主任不解地看着他。

“手术什么时候结束？”想一想，尹年开口问。

“小商刚才来消息，现在刚召开医院的新闻发布会。手术下午两点开始，需要大约六小时。”

“你再派个记者过去跟着。”

“我觉得，以小商的工作能力，这次采访没问题的吧。”

“这条新闻很重要。让商影年先回来，把上午新闻发布会的情况整理出来。”

“咳，尹总，你这不是让我背黑锅吗？”王主任不买账，“这样好的稿子，半路换人。”

“两肋插刀都可，背黑锅算什么。”尹年见招拆招，“再说，新闻自由，自由到不允许你这领导指挥工作了？”

王主任无奈地摊开手，回办公室指挥工作去了。

医院的会议室现在成了新闻发布会现场，话筒、摄像机、相机，各路长枪短炮早已经占据有利地形摆开架势。商影年坐在角落里，听穿白袍的院长和手术主刀医生讲话。根据去世前的遗言，追捕歹徒时受重伤并最终不治牺牲的警官将捐献出他的心脏、肾脏、肝脏与角膜。

“你怎样？”摄影师一边按快门，一边回头看着商影年苍白的脸色。

“你先拍着，我到外面透透气。”商影年挤过人潮，穿过长长的走廊。窗外是秋天才有的金红色阳光，透过窗格疏疏落落地洒在灰色的地板上，铺一路光影构造成的琴键。踏上去，奏响听不见的旋律：一首给世间离别，一首给永久的安眠。

不知在曲折的走廊里走了多久，商影年终于找到张长椅坐下。觉得非常困倦，靠着椅背闭上了眼睛。周围的声音越来越远，仿佛被蒙在一层白色的塑料膜中。然后她看见一个穿黑色西装的男人快步走来，跟在他身后的是个穿白衬衫的小女孩，她的辫子散了，正努力要赶上他的脚步。他们谁也没有说话，快速从商影年面前跑过。

看着他们熟悉的脸，商影年明白了，那是年轻的商仲恒与年幼的自己。他们赶着去急救室见她母亲最后一面。“等等我……”商影年起身跟过去，这一次会来得及吗？走廊却在此时变成了永远走不到头的白色迷宫，她找不到方向，只能不停地向前奔跑。

来不及了，要来不及了……商影年急得满头大汗，但越是心急，越是无法找到出口。正要大声呼喊，她却看见了父亲商仲恒。他正在窗边打电话，吩咐司机将商影年送到酒店去。已经长大成年的商影年这次终于有勇气上前央求他：“爸爸，我不要去酒店，我想留在你身边。你让我留下来陪你，你让我留下来陪你……”商仲恒却听不见她的呼喊，他将脸埋进手掌，泪水滑过指缝，淹没了所有疲惫、愧疚与哀伤。

“爸爸……”原来他也曾经这样哭过吗？商影年迟疑地走近，想要向他伸出手去。

“小商？小商？你怎么还在这里！”耳边一个焦急的声音。

商影年疲惫地睁开眼睛来，是摄影师。

“你没事吧？”

“我没事。”商影年大力抹一抹脸，擦掉眼角的泪水，“手术开始了吗？”

“十分钟前就开始啦，我到处找你。哦，对了，小商，刚才你的电话响。”摄影师一手拿着她的包，一手提着两份盒饭。

手机上两个未接来电。是个陌生的电话号码。

“我们先去手术室那边看看情况。”商影年把手机塞回包里。

手术室外已经隔离出一块区域给媒体。找好位置坐下，商影年将手臂撑在腿上，盯着空气中不存在的某处。在梦里，她又看见那些曾被她努力彻底忘却的记忆。它们发生过，然后被故意离弃，留下不能跨越的空白。但事实并无恩慈之心，不能以遗忘为解答。于是那些回忆总是要追上来包围她，就像置身浓雾弥漫的冬日清晨，空旷迷茫之中没有出路，只有直面以对。

“吃饭吧。”摄影师递过来一个饭盒，“都下午两点了，你连口水都没喝过。”

“不用，谢谢。”商影年仿佛还没有从梦里走出来，她抬头在人群里张望。她几乎以为在下一秒钟，就会从陌生人群的后面看见她的父亲商仲恒，隔着十数年的距离。如果可以，这一次她要留下来，陪在他的身边。

但是，他早已经不在这里。

一个记者拿着记者证通过安检，在商影年面前站定：“商记者，主任派我来跟下面的进度，你先回去休息吧。”

商影年一时之间没回过神来，问：“什么？”

“这新闻下面就交给我来做。领导的意思，不信你可以回去问主任。”她以为商影年是不想放手，语气之间有些不客气起来。有料的新闻凭什么只能她写，别人写不得?

摄影师觉得有些尴尬，借口去抽烟，转身离开。

商影年这下听清楚了。“好，那就交给你了。”她起身告辞，走几步想一想，还是折了回去，“新闻发布会时，捐献者的家属没有到场，或许可以联系一下院方，看能否在手术结束后安排个采访。”

回到办公室，商影年开了电脑写医院新闻发布会的稿子。桌上的电话响。

“你好，新闻部商影年。”

“是我，尹年。”

“尹总。”商影年敲一记回车，把稿子传到稿库。电话那头静默片刻，才说：“医院那个新闻让别人去跟进，是我的意思。”

“我明白。”商影年握着电话听筒，“尹总，可以请你吃晚饭吗？”

“为什么请我吃饭？”

“贿赂领导需要理由吗？”她笑。

“什么时候？”

“等你有空。”

“那却之不恭，就今天好了。”听见她愉快的声线，电话那头尹年也回答得干脆。

自然依旧是老地方。

两人出了报社大楼，一前一后地走。商影年想起下午在医院时没回的那个未接电话，掏出电话来回拨了过去。不多时，走在前面的尹年口袋里电话响。他低头看了看号码，转身问商影年道：“这时候你才想起来要回电话？”

原来是他的电话。

商影年疑惑地看着他：“你换了号码？”自己电话里明明存有他报社网络上公布的手机号码与办公室号码。

“这是我的私人号码。”

“下了班也可以拨这个号码吗？”

“三百六十五天，二十四小时。”尹年头也不回，大步朝小饭馆走。

说请客的是商影年，自作主张点菜的也是她，尹年坐在她对面，一副任她摆布的好脾气模样。只见她毫不手软地从东坡烧肉点到龙骨汤，接着再要一道手撕鸡、一碗刀削面。尹年夺过菜单，对伙计说：“手撕鸡与龙骨汤不用了，来一盘清炒莜麦菜，再多加一碗刀削面。”

菜不多时就上了桌。

“不用省啦，都说是我请。”商影年一副慷慨激昂的样子。

“我们两个人，哪里需要吃那么多。浪费是坏习惯。”

“谁说吃不了？我今天一天没吃饭。”

“因为在医院跟新闻？”尹年叹口气，原来在这里等着他呢。他闻到鸿门宴的味道。

“请问尹总，为什么器官捐献这条新闻半路给别的记者？这样的题材跟下去，起码拿足半个月头版。怎么，是因为上次要我换岗不成，于是断我后路？”

“失策！”尹年一副扼腕顿足的样子，“我原以为如此英明的手段，你一时半会儿断然看不出来。”说完看她脸上神色，却并无气愤之意，于是继续放心对付他面前的刀削面。

“除此之外，我还有个推断。”商影年挑眉。

“是吗？”尹年埋头吃菜。一碟东坡烧肉，很快就要见底。

“以后但凡与医院有关的新闻，怕是都和我没关系了。”商影年说完她的结论，开吃。

尹年原本吃得津津有味，听了她这话，却咳嗽起来。

商影年递过纸巾来，又说道：“这次请客，还为了谢谢尹总，上次带我去牙科诊所看伤口。”

以及，一直以来，这么懂得。

“那你能不能告诉我，为什么不喜欢医院？”尹年停了筷子。

“那你又能不能告诉我，谁喜欢医院？”商影年低头吃菜，“所以才有讳疾忌医这一说嘛。”

我不了解我自己，如果可以，我也不想了解。这过程太过迂回苦痛。不如忘却。

尹年看着她，并不再追问。

两人在小饭馆前告别，尹年回报社签版。商影年步行向住处走去。

在路口等红灯。卖金鱼的小贩推着他的自行车走过，满车的玻璃鱼缸内晃晃荡荡全是金鱼。商影年注视他载着一车的光影流离，消失在夜色中。

漏船载酒去。

看着往来的人潮车流，商影年独自微笑了。是的，此刻她感觉到久违的幸福。虽然他未必知道，但只要她心内知道就好，在这个城市里做这样一份薪水微薄、纷争不断的工作，或许不过是为能遇见他，陪他走这一段。

时间正好。地点正好。

这小小的，卑微的爱。微弱得仿佛烛光，只有点燃它的人，才知道它的温暖。

-2-

小邵一见商影年就开始喊："Big big big big big big news！"

"真这么厉害，直接上头版。"在电脑前写稿子的商影年头也不抬。

"我和你说哦，"小邵拖了椅子过来和她咬耳朵，"编辑部的何俪昨天晚上自杀。她的遗书一式三份，给父母、报社和对方的家庭……"

商影年皱眉："人救下来没有？"

"听说还没有度过危险期，但是孩子已经没有了。"

"就是你上次说的，怀孕的那个编辑？"商影年揉着自己的太阳穴，头好痛，"希望她人没有事。"

"张编辑的家人闹到报社来了呢！"

"谁？"

"头版编辑张晓光。何俪在遗书里说孩子是张编辑的，不是她男朋友的。"

“都是成年人，什么事情不好商量，为何要轻贱生命？”争权夺利，寻死觅活，这办公室里的人，难道没有别的要紧事情可以做？

“张晓光有妻室。现在正牌张太太正在总编办公室。”

“那是他们的私人生活，也要找单位吗？”

“以前结婚，都要单位开证明信，你说，婚姻是不是私人的事？”

“邵欣喜记者，难道你今天没有别的新闻要跑吗？”

“哪里有这个刺激？”

“这个新闻能上版面吗？”

“不能。”小邵垮下脸，很不情愿地唱个喏，抓起背包出门去。留下商影年对着电脑屏幕，暗自叹息。此刻他想必很忙。安抚家人，调解纠纷，还要处理舆论，以免此次事件对报社造成不利的社会影响。

一天都没有见到他的人。办公室里窸窸窣窣都是流言。这让商影年益发下定决心，要埋头走自己的路，万分珍惜自己的隐私，无论如何不能成为他人话柄。

下了班连陆巧鸣都过来问：“你们报社出桃色事件？”商影年觉得这个话题颇没有味道，伸手揉一揉脖子与后背，长长叹一声：“唉——”托词说累，回房间休息。可不是老话说的那样，好事才懒得出门。陆巧鸣看她神色，懂得她的意思，也不再追问，反正会有别的人跟进，挖掘更多好料出来。

商影年知道自己又做了梦。四周一片昏暗，她顺着光线走，然后看见商仲恒独自坐在角落椅子上，膝上盖一条毛毯。这次他居然不是坐在那张尺码巨大的樱桃木大桌后。而他的姿态那么疲惫苍老，好像几十年的光阴已经倏忽之间在他手中经过。他低着头，身后的丝绒窗帘密密地拉起来。

商影年哽住了呼吸。她记得这间大房子。记忆中，父亲的房间一直都是如此，仿佛永远是夜晚。因为他总喜欢放下窗帘，只开着一盏台灯伏案工作。年幼的她，觉得这间办公室如同深不见底的宫殿。一重复一重，深且暗。在那里坐久了觉得像溺水般沉下去。她曾小心地开口呼喊："爸爸，爸爸……"然后等他抬起头来看见她，给她一个鼓励的微笑，或者过问她的功课。但这个小小愿望一次一次落空，终究破碎。

但是这次商仲恒却看见了她，朝她伸出手来，唤道："小影？"

商影年发现自己又成了年幼时候的自己，她奔过去，将头枕在他膝上，哽咽道："爸爸，你不要老。"

商仲恒宽而暖的手抚着她的头发，许久才说："傻孩子，什么时候学会讲这样孩子气的话？"

"你答应我。"

"好，我答应你。你还没有长大，我怎么会老？"

商影年在此时醒转，发现自己满脸是泪。取过闹钟一看，只是午夜一点零三分。取过电话，拨一个号码。商仲恒很快来接，他还没有睡，在看计划书。

"爸，早点休息。"

"知道。周末，要不要回来吃饭？"

"好。"

"我让政勋去接你。"

"他有工作，不用麻烦他。我可以坐车。"

“怎么叫麻烦，不告诉他的话只怕他要怪我没通风报信。”两人就这样结束深夜交谈，挂上电话。

总是做梦，或许该去看心理医生，付高价给他，让他言之凿凿地告诉自己：一切都是因为童年阴影与工作压力，要多接触阳光、交结朋友。商影年记得读书时候自己一度泡在图书馆看心理学的书籍，读到废寝忘食，名正言顺耽误正业。

第二天中午接到讯息的傅政勋及时出现，心理医生一般温和正经的姿态。

“今天只是周四。”商影年坐在他对面，一边漫不经心地说话，一边埋头看菜单。

傅政勋并不解释，而是用心理医生那样的语气问：“是谁终于说动你？”商影年不禁笑出来。

“喂！”傅政勋觉得不被尊重，抢过她手里的菜单。

“好，傅先生，让我把一切都告诉你。”商影年举手投降，“没有人劝导我。是我自己长大，懂得替自己开脱，明白南极冰川融化、核战危机、父母感情破裂、童年缺乏关爱，等等，都不是我的错。”

我们只不过各自听从命运的安排，对各自的生活负责。相聚有时，离散有时；建设有时，毁灭有时，都是自然规律。所以不再自责，也没必要自卑，可以拿出勇气去面对现实。

傅政勋听完，不再说话。她似乎字字是调侃，但又句句属实。他自口袋内拿出一本老旧的册子来，递给商影年。待看清楚封面，商影年惊讶不已。竟是那本聂鲁达的《疑问集》。

The Book of Questions。

她随手翻开读下去，正是那页。不是巧合，是因为过去总爱逗留在那一章节，所以在书的脉络里留下了痕迹。

Where is the child I was,
still inside me or gone？
Why did we spend so much time growing up only to separate？
Did he know that I've never loved him？

当年稚幼的我去了哪里，
在我内心抑或再不可寻？
为何我们蹉跎漫长光阴长大，却只为分离？
他又是否知晓，我从未爱过他？

“这书怎么会在这里？”

“我整理房间时找到的。”

“谢谢，政勋。”

吃完饭他送她回报社，在她下车前说：“周五傍晚六时我来接你。”但等到周五六点钟，从傅政勋车里出来的却是一个年轻女子。这个女孩，像是在哪里见过的。正在疑惑，听见她说：“商小姐，上次在酒店也是我去接你。傅总临时出差去了，让我来接你回去。”是傅政勋的那位助理方婉春，她的目光专注地留在商影年身上。

“不好意思，又麻烦你。”商影年微笑。傅总……这么说，傅政勋又升了职。刚在车内坐定，电话就响。“车到了吗？对不起，我在机场。”电话那头当然是傅政勋本尊。

“没关系，工作要紧，傅总。”商影年挂上电话，心内其实觉得这样的安排让她轻松许多。

当晚商仲恒有应酬，商影年还是住酒店，她谢绝方婉春的安排，独自在房间泡一桶面。窗外是市井生活万家灯火，那么多喜怒哀乐，都在脚下这片光影璀璨里。但是心下挂念的人却不在那里。电话一直没有响过，她翻出联系人名单，凝视那个号码，却没有按下拨号键。他一定还在忙。自己可以做些什么、说些什么呢？难道说“我只是想听听你的声音，另外，我会一直支持你”？不可能，这样肉麻且无用处的对话，商影年就是砍脑袋都说不出来。

第二天中午，步行到公司等商仲恒吃午饭。中途路过便利店，买了包薯片带上去。向秘书通报过，坐在商仲恒办公桌对面的沙发上，跷起腿，咔嚓咔嚓吃得像只老鼠。秘书沏出茶来，只闻一缕香气就知道是冠军乌龙。

“要是饿了，让秘书去买点心上来先垫着。薯片最没营养，又多油脂。”商仲恒一边看文件，一边和她说话，“马上就吃午饭了。”

“只是馋。”商影年答。商仲恒摇摇头，继续看文件，并没有再出声阻止她。

商影年大力嚼一阵，觉得过足瘾，这才作罢。小时候等他下班，饿着肚子也不敢吃零食，现在终于尝到一点报复的快感。

午饭居然只有他们两个人——陈叔回家过周末。他跟着商仲恒这么多年，形影不离，都忘记他也有自己的家庭与生活。

“有什么需要我帮忙？”席间商仲恒问。

“你又不是圣诞老人。”商影年品着菜，不知他这一问是为何而来。

“当然，我不只在 12 月 25 日出现，我愿意每天都聆听你的要求。”

“为什么这样慷慨？”

“因为我以前时间不够，不得不舍弃太多。”他垂下眼帘，掩藏起情绪，“最近我总在想关于时间的事。”

呵，时间。

《圣经》上说：人一生虚度的日子，就如影儿经过。谁知道什么与他有益呢？谁能告诉他身后在日光之下有什么事呢？

商影年想一想，道：“现在外面那么多年轻人为了一份薪水撞破头。报社不过几百号人，为了职位你争我夺，让我怀疑，是不是所谓理想、抱负、才华、努力，到头来其实都不过是钱的问题？”

商仲恒抬起头来，轻声说：“不，以后你会知道，一切都是时间的问题。”商影年看着他温和的神情，听他继续讲下去：“当然，年轻的时候或许会有那样的疑惑，但人都是边走边学。凡事都有代价，孰轻孰重一时自以为分辨得最最清楚，回头时却又不免觉得懊悔。很多事，都不是一定，都要到后来才知道。只有时间是一定的，也只有时间，你丝毫急不来。”他不曾这样与她说过话，像一个知己好友，而不是父亲。或许，他也寂寞，没有可以说话的人。

商影年想起自己的那个梦，不禁双目刺痛，但语气依旧是调侃的：

“这话听来言若有憾。但，商先生，时下名与利你都已经有了，我以为你是不该有遗憾的。”

“这个嘛，只有自己知道。”他清一清嗓子，道，“你生日还有些日子，有件礼物还是先给你。”下次两个人这样吃饭不知道是什么时候，或许这样的和平也不过是两人情绪松懈时候共同营造出来的假象。

打开丝绒盒子来，是枚蓝宝石戒指。先不看成色切工，那镶嵌工艺已经是一流。商影年说声“谢谢”，将它挂在自己颈间的银链上。

Something old，something new，something blue.

西方的传统，结婚的时候要给新娘一点旧，一点新，一点蓝。

商影年知道他的用心，但依旧说：“我和政勋会是好朋友，一辈子的好朋友。”

一辈子那么长久的事，你如何知道呢？商仲恒看着自己的女儿，笑了：“好，我知道！所以，我刚把集团总经理的位子给了那小子。既然你都说他是一辈子的好朋友，我自然也得信任他。我相信我女儿的眼光。”

“爸，现在不时兴任人唯亲那一套。这社会早已经和以前不一样。”商影年调侃他。

“社会变那是社会的事，我商仲恒的事当然还得我说了算。”商仲恒挥挥手，吩咐厨子上甜点。看来有些事情，是永远都不会变的。商影年不知该觉得无力，还是高兴。商仲恒还是那个商仲恒。最后她也笑了，因为，毕竟觉得安心。

周日下午，傅政勋赶回来送她，风尘仆仆，身上有清爽的沐浴露味道，想必是刚下飞机，匆匆梳洗过。因为劳累，由司机驾车。一路上两人都没有多说话。不过是："工作顺利？""顺利。""恭喜你高升。""多谢。""谈得开心吗？""可以……"

到住处楼下，商影年在心底做出决定，她对傅政勋说："政勋，你有没有五分钟？"

他笑："我有的时间何止五分钟。"

商影年下车，找一处僻静的地方，看着他的眼睛说："这样讲或许过分，但我不要再浪费你的时间。政勋，有时候我静下心来想，却不知道你是我和他对立的理由，或者不过以他为借口来结束你我之间的事。"

"请不要替我做决定。"傅政勋绷紧下巴。他紧赶慢赶回来，却等到她这样的结论。

"一直以来，我任性偏执，误解爱的定义。谢谢你包容我的缺点，谢谢你曾经陪伴我……"

"那你现在明白什么是爱了吗？"

"或许。所以我要向你道歉。"

"哼，原来是这样。"傅政勋笑了，脸色苍白，"你爱上别人。"

商影年看着他，觉得心痛。她知道，自己不够爱他，所以将他当作一个借口。如果那天拿着她手提包的人是约翰、詹姆斯或者亨利，她或许一样会同他们去喝一杯咖啡，也许也会交换电话号码。她只是盲目接纳了傅政勋的关怀。

爱的时候，一切都对；不爱的时候，什么都错。我们能伤害的，大概只有在意我们的人。所以她干脆地回答："是，我爱上一个人。"

"既然这样，爱是自私的事，你不需要对我说抱歉。"傅政勋咬牙切齿，努力保持平静。对于商影年来说，这是一个牵扯多年，终于得到的了断。对于傅政勋来说，却是不能轻易接受的挫败。多少年来站在她身后，照顾她，守护她，她的心却轻易跟了另一个人。并且，她承认得如此坦然肯定。

“但是，我想要自由。政勋，你松手，我才可以自由。”

“哈，自由。”傅政勋怒极反笑，“是那个尹年，尹总编辑，对不对？不过虚长几岁，却总是道貌岸然的样子。这算什么，以权谋私？”

商影年低着头，沉默。

“一句反驳的话也没有？”傅政勋紧握双手。

“对不起，政勋。这和我爱上谁没有关系，都是我一个人的错。”

这时傅政勋口袋里的电话响。他等了五秒钟才接听：“方助理，什么事？”电话那头仿佛是真有非常要紧的事。

“这么忙，自然是留不住女生。”挂上电话，他苦笑着说，然后上车离开。他一心一意要挽留、要得到，却不知道他能给的时间其实并没有他料想的那么多，或许他的心意也没有，但人有时候确实是盲的。

商影年上楼，梳洗一番，已经过晚饭时间。陆巧鸣叫了两份外卖上来，潦草地解决温饱问题之后，早早上床休息。迷蒙之间耳边有尖锐的噪声，商影年挣扎良久才想起是包里的电话在响。蓝色屏幕上，是那个号码。接起来紧紧放在耳边，尹年熟悉的声音传来：“影年，回来了吗？”

“回来了。”商影年小心地回答，怕他的声音只是个梦，很快就要醒转。

“我在你住处的路口。”他停一停，又说，“我想见你。”

“等我五分钟。”商影年快速起身着装，奔出去。暗中撞上桌脚，痛到流泪也来不及顾。他要见她。

尹年的车停在没有人的街道上，闪着灯。商影年拉开车门，坐在他身侧，看住他。

“发生什么事？”话刚问出口，她即刻明白发生了什么事，“是何编辑？她……”

何俪一小时前终告不治，他刚从医院出来。

他没有扭头，只是低沉的声线里，有一点倦。他说：“影年，我也开始讨厌医院了。”

-3-

商影年陪着尹年坐在暗中，有好一阵子谁都没有说话，车内只有空调轻微的声响。她胸前的宝石戒指闪着晶亮的蓝光，像一颗硕大的泪水。

“你让一下，我来开车。”终于，商影年拉开车门打破沉默。大概很多年没有听见谁用这样命令的语气跟自己说话，尹年乖乖让出驾驶座。

“想去哪里？”商影年调节好座椅、扣上安全带，扭头问他。

“你决定吧。”尹年垂着眼帘，没有抬头。然后靠着椅背闭上了眼睛。

车身滑过沉寂的街道，整个城市此刻正睡在深冬的萧瑟严寒里，仿佛浸在永夜之中。一盏盏路灯亮在落叶的法国梧桐后面。隐约看到天上有云，云里一弯白色纸月亮。他们经过一个十字路口，又一个十字路口。

“明天的报纸……别的报社那边，会不会有什么问题？”商影年将车停在无人的路口等一个红灯，计时器上的数字在半空跳跃。做新闻这一行久了，知道一言千层浪，众口能铄金。商影年无法隐藏自己的担心。

尹年没有即刻答她，一时之间商影年以为他睡着了，伸手调高空调温度。

“不会有报道。”尹年合着眼睛一字一句地说，“这事情对公众来说，不过一两天茶余饭后的谈资；对行业来说，却牵涉业内同人，而且也是个负面消息。所以这个面子，他们一定会给，他们一定要给。”

“我的母亲也是因自杀辞世。”沉默良久，商影年终于开口，这是她第一次主动对别人说起自己的故事，“我和父亲赶到医院，没能见她最后一面。为此，我一直无法原谅他。”

“影年……”

“那时候年纪小，不懂得应对。现在时间过去这么久，我已经能够接受这个事实了。她精神状态一直不够好，又不肯听医生话。那时候父亲太忙，时常忽略我们，所以我把错误全部推到父亲身上。”

尹年沉默，这样深的伤口，唯有时间能弥合，所有言语都是徒劳。

那不过是多年前千万人生命中最寻常的一天，钟点工季嫂打扫完卫生、做好晚饭，出门去买厨房用完的洗涤剂。商夫人何秀蓉以为钟点工回家了，穿着白色织锦睡袍在浴室割腕，白色的织锦团花浸透血色，发出咸腥的气味。钟点工回来听见浴室的滴水声，一开门吓得魂飞魄散，手忙脚乱打电话报警，再打电话到公司。那时候商仲恒正在开一个很重要的会议，她不住说有要紧事情，但前台小姐迟迟不肯把电话接过去，直到她最后声嘶力竭地喊：“商太太出了事情呀，要送医院去！”商仲恒才中断了会议。

商家的独生女儿商影年放学回家，家里没有一个人，一如往常。厨房有凉掉的饭菜，一如往常。只是，家里似乎比往常还要安静几分。她独自盛了碗饭，又从冰箱里找了些菜，没有加热，直接放在托盘上拿到自己卧室边看杂志边吃，然后和往常一样独自洗澡看电视。正准备上床睡觉的时候，父亲商仲恒打来电话，说：“准备一下，司机马上来接你。”他仿佛在一个很空旷的地方讲电话，说话有回音。但是语气还是与往常一样，平静冷淡，像是给下属下命令。说完这一句他就即刻挂了电话，商影年横竖也没有什么话可以问，于是换下睡衣，穿上准备第二天上课去穿的白衬衫、牛仔裤到楼下等。

那个初夏的晚上，浓云正在地平线上聚集，起风了，风里有栀子花的甜香。

商影年跟着父亲走过长长的、灯光明亮的、灰白色的走廊。很多年以后，商影年读完书，找到工作，正式独立。与父亲决裂那晚，商仲恒办公室的灯光也是一样亮。脚步声击起回响，商影年抬头挺胸地走着，觉得自己是走在某个科幻故事中，要去和外星人谈判，然后拯救世界。但是她没有能够拯救这个世界，甚至没能拯救她最亲爱的妈妈。她一直没有醒过来，她都没给商影年一个机会和她最后道一声再见。

生命里好像有什么熄灭了。是宇宙深处的某一个星群吗？

那天商影年没有回家睡，被安排住在酒店，半夜的时候一场暴雨从城市上空倾盆而下。商影年听着雨水敲打玻璃的声音，将头埋在柔软而气味陌生的白色被单里。来不及流眼泪，也无法入睡，只觉得那么深那么深的倦意，超越年纪的界限浸入骨髓。天亮后，盛夏随毒辣的白色阳光轰然而至。地面上连丝毫雨迹都没有留下。

商影年照常去上学，没有流一滴眼泪。旁人眼里，不过是另一个古怪孤僻的富家千金，内心和其他正在经历泥沼般青春期的别扭少年没什么两样。

再回到家的时候浴室已经被清扫过，有漂白水的味道。母亲自杀后的那些事情，都是由季嫂告诉商影年知道的。这个善良心软的妇人，经不住商影年一再央求，终于开口，说的时候紧紧抓着她的手，嘴唇颤抖，眼中渗出泪光来。后来钟点工季嫂在商家留了下来，一直工作到商影年离开家去上寄宿学校。走的时候，商影年把脸埋在她满是皱纹和老茧的手中，时隔那么多年，终于放声痛哭。

母亲留下了详尽的遗嘱，安排商影年以后的生活，她也知道商仲恒不会忘记自己为父的责任。她依旧关心自己的女儿，却终不肯留在世上多陪伴她一程。她是早有计划的，是以生前很长时间里不见真心的笑容。一个对人生没有冀望的人，是笑不出来的。

“这就是我的豆腐块后面的故事，尹年，如果我的眼睛有什么不一样，那或许是因为我亲眼见过自身的悲剧，亲眼见到全世界的光突然全部熄灭。我是从那样一个故事里出发，一步步走到了你的面前。”

“所以你才这么讨厌医院？”尹年看着她专注开车的侧面，心痛难言。

“嗯。我们，像不像在海底？”窗外的隆冬，深不见底。一切都隔得那么远，整个世界就剩下他们两个人。商影年不禁这样问。

尹年想起他们初次相遇也是冬天。过往的记忆水一样在眼前滑过：当她从他手中接过遗落的手套，当他在会议的间隙无法将目光自她身上移开，当他在昏暗的灯光下细细检视她手心的伤口，当他目送她跑过一个个路口消失在街角，当他迷惑于她灿烂的笑容……

这些都是从什么时候开始的呢？尹年清晰记得初初见到她时的情景。她有一张苍白的脸，却又是那样明亮的黑色眼睛，微笑的时候，那笑意仿佛带着温度的星光，溅到他心上，让他目眩神迷。

原本以为，自己的领导修为已经炉火纯青。可那些在其他下属面前随口就能说出的问候与调侃，在她面前却无法说得顺畅得体。她的姿态里有他不能忽略的沉静与哀伤意味，当她静默无语，看着她黑色的眼睛，身边的世界突然寂静一片。

影年，影年……像是在呼唤另一个自己。看着你的单纯明净，那些烦琐争执竟是无从说起。低眉想一想，原来太多事不过是琐碎无趣，不值一提。

“据说美国人曾想在大西洋底开通一条隧道，然后我们可以自纽约坐火车前往巴黎。”商影年继续说着遥远的话题，想要逗他开心。

“这多么像你的想法，浪漫不着边际。”尹年答，心疼她的善解人意，语气里有自己不曾预料的宠溺，泄露了内心转折。

“你，今天有没有吃晚饭？”

“晚饭？”尹年坐起身，想一想才回答，“哦，早上喝过一杯咖啡。”

“然后呢？”

“然后？然后没有了。”他的语气很无辜。

商影年想一想，将车停在一家 24 小时便利店前：“你等我一下，我去买点吃的。想吃什么？”

尹年推开车门：“我和你一起进去。”

便利店里是白茫茫的灯光，营业员守着一锅五香茶叶蛋打盹。尹年什么都没有拿，只从保暖箱中取出一罐咖啡来，正研究面包架上剩余物资的商影年见到，二话不说上前从他手中拿过咖啡放回去，转身取过两盒鲜牛奶，放进微波炉内：“喝完热牛奶，回去好好睡一觉，你需要休息。”

中火，三分钟。

已是深夜，便利店内的暖气不足，商影年只潦草加了件薄毛衣出来，现在才觉得冷，冻得直搓手。站在她身后的尹年见了，脱下外套，披在她肩头。

四下寂静，只有微波炉的声响。商影年低头，闻到尹年身上 4711 科隆水的味道。苦橙叶与迷迭香。

所有的疑问与解答。

牛奶好了，尹年取过结账，两人回车内喝。他的外套依旧在商影年的肩头。借着他留在衣服上的体温，商影年仿佛承接过他所有的心事。

“与其说是对他们的决定与错误感到失望，不如说是对事情本身感到失望。”尹年抬起头来看她，姿态中依旧有倦意，但眼神明亮，“可是既然做了这一行，就早已经知道无论多么懊悔，错误都没有挽回的余地。报纸，白纸黑字。人生，又何尝不是。我们不过是学会不断咬牙朝前走。”

“尹总，我申请调往编辑部门。”

“原因？”

“你和我说过，社会版那边缺编辑。食人之食者死人之事，吃过你那么多顿饭，总不该不帮你这个忙。”商影年内心忐忑，却依旧努力显得轻松。

饶是如此疲惫，尹年还是因为商影年这句话展眉笑了：“呵，食人之食者死人之事……不过我更喜欢前面那两句。”

乘人之车者载人之患，衣人之衣者怀人之忧。

是，此刻坐在他的车里，穿着他的衣服，商影年多么想帮他做些什么：“放心，我会努力成为一个合格的编辑。”

商影年却听到尹年突然叹息。

“我知道，自己从不必为这个操心。”他看着商影年，神色温柔，语气却是那样感慨。说话时商影年的脸隐在暗中，但只这一句却已泄露她所有的心事，她的恳切、她的关心、她的在乎都在这句听来近乎孩子气的保证里面。也只在他面前，才会如此吧，她的倔强疏离通通不见。有多少人，等着他的指示、决定，仿佛他是金刚不坏之身，永远精明果敢、计算精确。只有她，知道他也会累，愿意向他伸出手去。

“影年？”他轻声喊她的名字。

“嗯？”商影年扭过头来。

尹年凝视她。梧桐树纵横错落的枝干间，街灯明昧不定，照亮她明净的脸庞，漆黑的眼眸仿佛盛着盈盈泪光。他迟疑地伸出手去，终于轻轻触碰到她的脸颊。

商影年屏住呼吸，看着他专注的眼睛，那目光似乎要看到她灵魂深处去，却不知他此刻内心多么震动，无法言语。

他手掌的温度缓缓蔓延，烧灼彼此心神。终于，商影年伸出手去，手指轻轻描画过他的长眉，缓缓下滑，最后落在他的唇上。尹年注视着她的眼眸，深深吻她掌心。

对不起，不管来日会发生什么，都请你原谅我的自私。我只是，想要将你留在我的身边。

因为，我爱你。

葬礼周六上午在殡仪馆举行，报社全体员工都到场送别。

天气出乎意料地晴朗，阳光晃得人睁不开眼睛。天地不仁，冷眼看人世的喜乐哀愁。

何俪独自躺在百合花丛里，对身外事已经再无知觉。商影年放下手中白色花束，远远看她遗容。同在一个屋檐下工作，与她或许曾在电梯或者走廊中擦身而过，但终究不过是一个陌生人。商影年低下头，不知道内心深处涌起的遗憾与痛楚是为了什么。直到身后送花的其他同事跟上来，她才意识到自己逗留太久，转身离开。

空阔的大厅，脚步声击起回响。尹年自楼梯转角处走来，身后是明亮的落地玻璃窗。阳光越过他肩头落在商影年的脚尖。商影年缓缓抬起头来，看见他已恢复平素的神采奕奕，穿着黑色西服，灰大衣搭在臂弯，眼神明亮。但她知道，这坚毅的面容后面是别人无法看透的无奈与哀伤。

“你好吗？”经过她身旁，尹年轻声问。

“我很好。”商影年的唇角扬起一个浅浅微笑，“你呢？”

“我也很好，谢谢鼓励。”

周一回到报社，不少人在走廊告示栏前议论。小邵去打探完消息回来告诉商影年，头版编辑张晓光离职，即刻生效。有人说他是碍于颜面做不下去，有人说错不全在他，所以没必要如此决定……

死生事大，这样的事是否也有对错可论？

是否每个去意决绝的人其实都另有怀抱？

案头的电话响，商影年伸手接过。

“是我，尹年。”

“尹总。”

“会议还有十分钟开始，我就要在会议上公布你转编辑岗位的决定。你，是否真的做了这个决定？”

“是，我决定了。”

尹年没有再说话，他沉默片刻，轻轻挂上电话。

陆巧鸣几乎在第一时间就知道了消息，早上一边梳妆一边和坐在沙发上喝咖啡的商影年说话：“你调去编辑岗位？”

“是。”

“编辑比记者学问大，你能应付？”

“不用自己写，不必无中生有，多少轻松一点吧？”商影年含糊其词。

“你究竟知不知道编辑工作到底是怎么回事情？如果我的记性还在，小姐你拿的是商学院学位吧？这么仓促的决定你都答应？”

“是我自己提出换岗位的。都说生命是一盒巧克力，不知道会吃到哪一颗。我只怕耽搁太久，自己那盒巧克力还没尝出味道，就已长了霉。”商影年坐在沙发里，揉着脸。

我们生命中何尝不充满速成与取巧。不过走马观花。

陆巧鸣在她身边坐下，神情严肃：“编辑部的工作不比记者，水更深。你明白我的意思？”

商影年点头，又摇头。

“哎，让我告诉你，那个何俪的事。”陆巧鸣的神色不是要和她说八卦这么简单，是以商影年认真听她说下去。

“我不想对死者不敬，但这件事，那张晓光也算受害者。你知道，报社编辑部，最值钱的就是头版编辑那把交椅，坐上那位置，离领导层也就不远了。何俪努力多年，都不过是社会版一个普通小编辑，人微言轻，平时提的几个选题策划也没见重视。所以，她主动接近稳坐头版编辑位置的张晓光。”

听到这里，商影年已经猜到大概：后来何俪以为自己得手，她试图用孩子来威胁他。但张晓光并不愿意轻易就范。

“何俪还没有料到的事情是，她动了真感情。她不愿意拿掉孩子，还闹到张晓光家里去。张晓光太太并不是一般角色，看出何俪心思，扬言除了离婚，什么都能答应。”陆巧鸣摊开手掌，“女人为难女人，男人作壁上观。什么世界！”

商影年此时才明白，尹年神色中的厌倦是因为什么。他是知道真相的吧，一切争执血泪不过是源起一个小小职位。

究竟有什么值得以感情与生命为代价？

“你什么时候调去编辑部门？”

商影年自沉思里回过神来，答：“最近，或许明天。”

“等一下！上次换部门也是这样仓促。你这么做，是因为那个尹年？”

商影年没有回答，她放下咖啡杯，独自出门，走进深冬凛冽的清晨。呼吸在唇边凝成白色水汽，粉红色朝霞在枯枝的后面。

我不知道是为了什么。但已决定就这样，循着你的指引去走你曾走过的路。脚步坚定，藏起神色里的苍凉。

世界在我们身侧呼啸而过，无法知晓的、命运的改变静静发生在你我心底。在人世的悬崖之上，你我并肩而立，陪彼此看一看这处甘苦交织的风景。

-4-

岗位调动的通知贴出来，最初的变化是办公室搬到十七楼。小邵一把鼻涕一把泪的，仿佛是送商影年出塞一般。或者，还真的有那么惨，后来商影年在心里想。

都说“功夫在诗外”。

做了编辑，才真正领会这话的意思。记者采访写稿不过是个开头。编辑组完版，打印出来拿到校对室过一遍，校对负责将错字与不妥当之处用红笔标示出来，交由编辑拿回版房灭红。如此往复数稿，再由责任编辑、校对一一签字，然后签样又送主任室、值班主编处。一切手续要在规定时间内完成，付印。如果有一处改动，所有步骤重新来过。

如此周折下来，已经午夜。压力大，工作多，苦不堪言，所以分外累。

商影年叹息，从此要昼伏夜出了。好在自己不喜华服，也不爱梳妆，否则真正是衣锦夜行，更加委屈。

原本每周参加一次的晨会也改成了需要每天出席的下午编前会。

会议时常是尹年主持。他说得不多，更多时候是听。衣着简简单单，并无咄咄逼人的气势，但坐着不说话还是可以吸引满场的注意。忙碌了一天，清早换上的衬衫已经有些皱，胡髭又长出来，在下巴显现青色印记。

与部下讨论工作的时候，他会专注地直视对方，让对方懂得在工作中不该有任何哪怕细小的失误。当他埋首于手中的文件，姿态中的沉着又叫人无法将视线移开。

沉默的时候叫人不敢接近，微笑的时候却眼神明亮清澈。是习惯了发号施令，但依旧分寸得当地保留着自我的人。

除此之外，新闻部与编辑部的区别，商影年粗略看来，有两点：

以前叫别人等自己的稿子，现在等别人交稿子上来。

以前让别人改，现在改别人。

遇见觉得处理不妥的稿子，还要与记者商量。因为做过记者，商影年知道那豆腐块大的稿子里，有多少辛劳奔波，所以改起稿子来分外当心。

那日版面的主稿是一篇家电卖场促销的稿子。家电卖场大促销的横幅拉出来，蜂拥而至的抢购人潮几乎将门槛踩破。记者对这种盲目抢购廉价商品的行为颇为不屑。

商影年看过，觉得不妥当，于是与记者推敲这样的主题是否合适。

“我觉得那些家电不过是便宜了点，至于这么抢吗？素质有问题。”那位女记者恨铁不成钢。

“实惠谁不想要？”商影年就事论事。

“抢成那样，不顾仪态，小市民心理，就是不对！”她的语气渐渐不耐烦。

“这不是对错的问题，他们只是没有时间考虑，所以不知道自己可以做更高明合理的选择。”每个人都有局限。要跳脱自身局限，和褪层皮一样难。商影年看看署名，道：“王记者，我不会觉得你脚上这双假 Gucci 鞋有什么不妥，这都是个人选择。”

她气红了脸，但是不能作声。

“不如呼吁商家拿出诚意，延长优惠时间，合理安排促销活动，你看怎样？”商影年说出自己的想法。

她听完，仿佛突然明白什么，转身就走。不多时，新的稿件到了稿库，果然已经仔细改过。一时的意气退了，商影年不禁检讨自己，觉得适才也有失言之处。看来，这工作当真不好做，回去要多向陆巧鸣讨教。

过几日，月度评选出来，那篇让商影年数日感觉如芒刺在背的家电促销稿件得了好稿奖。

在报社食堂，那个王记者却主动过来坐到商影年身边，大方地问：

“商编辑，那天你怎么知道我那双 Gucci 鞋是假的？”

商影年笑，因为款式与质地都不对，但又不想再得罪于她，不知道该怎么答，所以干脆缄默。

谁知她却不以为忤，热络地说：“谢谢你，商编辑。那稿件其实是你写的。奖金下来，请你吃饭！”她伸过手来，商影年赶忙伸手握住。

就这样，也渐渐有了朋友。在食堂吃饭，不必独坐一角，可以闲聊几句，互通有无。当然工作时候，依旧互相扔刀子，遇到关键问题，绝不手软。

做编辑还有一件最头痛的事，就是等广告位。稿件都编辑完，版面下方的广告位没下来，还是不能交差。最头痛之中还有更糟糕的：广告位大小突然改变。这样上面的稿件也就不得不跟着改。或删或增，都不是容易的事：增加稿件呢，要去稿库临时挖稿子出来充数，等于从头做起；删稿呢，手起刀落确实容易，但记者那边，少不得要得罪人。

回到家陆巧鸣过来问工作如何，商影年捧着头，千头万绪不知道从哪里说起，只觉得自己一夜之间老了十岁。如果光是逞一时意气，恐怕早已经后悔叫苦。

这阵子，那个将她扔进火坑的罪魁祸首却不在，出差去了。商影年到值班主编那边签版，路过尹年办公室，还是忍不住多看几眼。原本再整洁不过的办公桌如今缺了主人照料，案头堆着两尺厚的文件、信函。还有，电话一直在响。在静谧的深宵听来，分外寂寥。

已经接近子夜一时，最后一个版面还没等到广告位。商影年看着手表，心如刀割，却无计可施。好不容易等到广告位下来，自版房飞奔往值班主编办公室，路上太过心急，不小心扭到脚，摔倒在办公室门口。只觉得脚踝一阵刺痛，也顾不得姿态多么尴尬狼狈，低声骂道：“Bloody Hell！”气愤多过伤痛，但泪依旧条件反射地流了下来。这时，头顶有一把熟悉的嗓音在问：“要紧吗？”

不知什么时候，身边多了一双系带麂皮便鞋。商影年抬头，看见尹年正俯身看着自己，手里是她那只粉红色半指手套，估计是她适才手忙脚乱落在走道里的。商影年一时茫然，脸颊挂着泪水，愣愣地看他。过数秒钟才如梦初醒，一迭声地说：“签样，签样……”

“在这里，没有弄脏。先起来再说话。”尹年从容地自地板上捡起签样，伸手扶商影年起身，然后把签样连同手套一同递还给她。

商影年接过手套才想起来，欣喜地说：“啊，你回来了！”

尹年的眼眸中有什么闪了一下。但他只是说：“是，回来了。不要急，慢慢来。”

不要急，慢慢来。

签完字从值班主编办公室出来，商影年长长吁一口气。脚上的痛也仿佛随之散去。将签样送回版房，手里剩那只粉色手套，在等电梯的时间慢慢戴回手上。这手套没丢，还真是奇迹。商影年心想，那是因为她遇见的，总是他。

在无人的街口等红灯，暗夜的风吹起她的长披巾。啊，走到今天，还只有这一边翅膀。商影年裹紧了大衣。

一辆车缓缓停在她身侧，商影年拉开车门上车。

“脚有没有事？”尹年问。

“没有事。”为什么总是在他面前，糗态百出？商影年简直想咬断自己的舌头。

“编辑部的工作，非常辛苦吧？”他的声音，带着苦涩，仿佛无限愧疚。

“适应了就好，刚换了部门，难免手忙脚乱。”商影年的语气十分轻松。

他不再说话，将车停在路口。

“晚安。”商影年道过谢，下车。

“晚安。”

上楼，商影年惊讶地发现陆巧鸣居然还没有睡，正在厨房里忙碌。

“这么晚，在做什么？”

“煮汤圆。”陆巧鸣的语气喜气洋洋。

“春节了吗？”商影年以为时光倒错。

“不是啦！你等等，汤圆马上就好。”

商影年在沙发上坐下，看见咖啡桌上两杯冷掉的茶。

“你尝尝，这汤圆怎样？芝麻馅的。我们在这里住了快两年，厨房都没用过，真是浪费。”陆巧鸣端了两只青花瓷米通碗出来。

商影年明白了。

当年在伦敦，商影年赶论文到深夜，突然想吃芝麻馅宁波汤圆，这个没来由的念头怎么都压不住，于是打电话给傅政勋。次日天刚亮，傅政勋驱车找遍 Leicester Square 唐人街的超市与 Piccadilly Circus 旁的日本超市，最终在 Leeds 市一家中国餐厅里找到两盒汤圆，争分夺秒买回去煮给商影年吃，不过是为看她的笑容。

“有人来过？”商影年的喉间，仿佛堵了棉花。

“是仲恒基建的傅政勋，你应该见过。我约会他，想不到他这么细心，还买了汤圆上来。他说要等你回来一起吃，谁知道你又被版面绊住，所以先走了。”陆巧鸣一身华衣，妆是细心化过的，在这样的夜色里熠熠生辉。商影年看着，心如刀割。

“你对他，有意思？”商影年细细看她神色。

“是。”陆巧鸣坦然承认，“以前是因为工作缘故，怕别人说闲话。如今工作告一段落，左思右想，觉得年纪也不小，有机会就该主动把握。”

商影年说不出话来。

第二天中午，她去政年大厦找傅政勋。

傅政勋在办公室里擦皮鞋。商影年记得以前在伦敦国王路的房东最喜欢擦她那些银器。有限的几件，被擦得银光闪烁。倒不是宝贝那些银器，而是因为手工活让人专注定心。

助手通报过，他抬起头来：“你要不要坐？或者听到什么不顺耳的，转身就走？”

方婉春沏茶进来，又即刻消失。

商影年坐下，道：“我来，是因为巧鸣。”

“哦，原来不是为谢谢我那碗汤圆。”傅政勋放下皮鞋，那是双锃亮的布洛克牛津鞋，“我从她那里听说，你换到编辑岗位。”

听说、听说……为什么这个世界听起来指甲盖这么小，不是他，就是她。兜兜转转就这么几个熟面孔？

“你们交往，我没有意见。但巧鸣是我好朋友，我希望你能仔细处理这件事情。”

“我从来没有希望她误会什么。我当她，是普通朋友。”

“你知道她并不这样想。”

“那你要我如何？我并不能够控制别人的想法，这个你早已经知道的，不是吗？”这些年他使尽浑身解数也换不来商影年回头。

商影年放低声音问：“你这，算是激将法？”

傅政勋被问住，一时不知应对。

“你跟对了老板。”商影年为了与陆巧鸣之间的情谊，权衡利弊，如今不介意对他赶尽杀绝，“可惜你学得太不够！”

傅政勋听完，脸色灰白。是，商仲恒这样高的手段，最后还不是要先低头？一早就听陈叔说过，商影年读初中一年级那年，先是考试时帮助同桌作弊，最后干脆交白卷。老师气急败坏，宣家长到学校，商仲恒自然拨不出时间，陈叔负责出面应付。

那老师义正词严地说：“商先生，你女儿这样的作为是非常不正确的……”

陈叔也不解释，点头虚应。老师接着说：“不过，这也不全是孩子的错。你知道，孩子现在处于叛逆期，连续犯错误是努力获得家长注意的一种行为，我认为你该多用些时间与她沟通。你觉得是不是？”

商影年在一旁听了却涨红脸，不是因为自己犯的差错，而是因为老师竟然认为她这样的行为其实是在对商仲恒用激将法。她商影年才不要这么幼稚！从此商影年每门课都拿优秀，不再与不相干的同学来往。也是从那时候起，“激将法”这三个字，对她再没有任何效力。

管别人做什么，低头做好自己最要紧。掌握这样简单的道理，渐渐也就刀枪不入。

“放心，我会妥善处理这件事。”傅政勋叹息，“你的新工作，还应付得来吗？那天等你到很晚，都不见你下班。”

“谢谢你，政勋。那天要等一个广告，所以耽搁了。”

“时常需要这么辛苦？”

“也不是，广告位定不下来，就晚一点。”商影年看看手表，“我上班去，再见。”

临到门口，不忘记回头加一句：“政勋，我相信你的保证。”

要吸引她注意，如今做到了，但一点胜利感都没有。她来不过是在意着另一件事与另一个人。

只是如今既然满盘皆输，那落错几粒子又有什么要紧？

傅政勋拿起内线电话：“方助理，麻烦你帮我与报社尹总编辑约个时间。”

-5-

周五开完编前会回到办公室，商影年一眼看见小邵坐在自己桌前。

“哎哟，稀客！你终于记得来看我。”商影年揶揄她。

小邵站起身来摇商影年的手：“影年姐，周末你休息吗？我妈想请你去家里吃饭。”

“好啊。”商影年看她神色，却并不是以往的没心没肺。

“怎么，有什么事情？”

“家长要送我去澳大利亚读书。”她苦了脸，“简直是发配边疆嘛。”

商影年失笑，毕竟是孩子，明敏如小邵还是有担心的事。

周六晚上到小邵家吃饭，带了春茶上去。四个人，暖黄灯光下一桌家常菜。父母不断嘱咐商影年多吃些，最后干脆拿了公筷给她布菜。不过是做了几天小邵的实习老师，就获得这样礼遇，商影年不禁汗颜。

小邵却不觉得不妥，还道：“哎呀，被你们抢了先，我到什么地方表现去？”商影年笑了，终于明白，原来一直以来，是小邵说起家人时那理所当然的幸福语气让她觉得万分羡慕。

自己也曾有过这样的幸福吧？商影年记得那一年暑假的下午，父母亲开车带她去找传说中的湖泊。那年她才读小学二年级，妈妈特地准备了很多水果和零食。妈妈和爸爸坐在前座，两个人研究着地图，有商有量。小小商影年坐在后座上，野餐篮子放在旁边，不时打瞌睡。他们开了好久好久，经过很多山和河，见到很多很多白色的长羽鸟，却没有找到那面湖。后来，商影年熟睡过去，醒过来时天已经黑透，星星亮了起来。

他们一直都没有能够找到那面湖。后来，一家人也再没有一起旅行。商仲恒的生意越来越好，夫妻间的罅隙越来越大。

再后来，那就不是个快乐的故事了。时光不可能倒转。但起码，自己也曾有过开心的时光。商影年决定以后要常提醒自己多记得这些开心的事，因为当往事去不复返，你能做的不过是牢牢记得。

“影年姐，你一定是孝顺的乖女儿吧？”小邵送商影年下楼，这样问。

“不，我是反面教材。”

小邵不相信的眼神像是在说：怎么可能？商影年笑：“你这孩子，又想什么？”

“出发那天，支票与身份证明是不是要缝在贴身内衣上？”最担心还是留学的事。

“没有身份证明，你怎么过海关？”商影年笑。

“我真担心……”小邵低了头，居然是一副老气横秋的语气，“这次要一个人出去老远，还不知道那边是怎样的。连季节都倒错。”

“不过是到那边，水叫作 water，打招呼不再说‘您吃了吗’，而是改说‘hello’，或者你偷懒，一声‘hi’就蒙混过去。”

“这样的差别还叫没什么？”小邵气馁。

“有什么好担心，说不定下一秒，彗星撞地球，我们连抱怨的机会都没有。”

“但也不能把时间都花在等彗星上是不是？脖子抻久了，会酸。”

“是，你说得这么有道理，可见脑子是好的。这样的头脑应付功课不会有问题，要应付生活，更加没问题。”商影年把手按在她肩膀上，表示鼓励。

周一上班，前脚刚踏进办公室就感觉气氛不对。商影年翻开周五自己负责的那沓商业专刊，只翻两页，就不禁变了脸色，背上的汗毛竖起来。封二的一则倒头条居然不翼而飞，如此一来，封面导读完全错误。这样的失误非同小可。

是谁要这样做？商影年细细思量，告诉自己此刻还不用急，那人早晚要跳出来，等着对准她要害捅下去。所以，商影年合上报纸站起来，决定先给自己倒一杯茶。她不知道，自己不过在办公室喝掉这一杯茶，外面却早已经变了天。

总编办公室里，尹年对赶到办公室兴师问罪的编委会道：“既然是严重事故，就该认真调查，就这么贴批评公告是否草率了？”

从始至终，他的声线都不曾高过，但字字句句不容反驳。他就这样，不动声色地帮她挡下。

编前会，发言最激烈的正是地方商业新闻部方主任，商影年在报社的第一个直接领导。呵，原来他是长成这般模样，外表是堂皇的，但是气质不能掩饰，因为言辞刻薄尖锐，所以面貌变得分外猥琐。商影年远远看他义愤填膺地诉说这个失误造成多么坏的影响，害他得罪多少客户，责任编辑的工作能力是多么差劲……

商影年即刻明白，广告位临时上调二十行，正好去掉一个倒头条。方主任这次是势在必得，排版到校对，上下打点妥当，只要一记回车就瞒天过海死无对证。原来他一直没有忘记公关稿那次教训。

尹年听不见别人的声音，只穿过人群隐约看见商影年的脸，她凝视着空气中某个虚无的远方。知道她此刻心下必定气愤惶惑，但面上平静无波，将情绪收得滴水不漏。依旧是那明澈的眼眸，神情漠然得像是在听一个与己无关的滑稽故事，但眼眸深处的那抹无奈失望出卖了她。

尹年低下头，手指有节奏地轻叩着桌面。会议室内鸦雀无声，连纸张翻动的声息都没有。除却商影年，大家的视线都集中在尹年纤长有力的手指上，不疾不徐，在会议桌上叩了一下，又一下……终于他抬起头，道：

“最后签版的人是我，那就请编委会对我做出相应处罚。”

会议室一片惊讶之声，商影年紧紧抿住嘴唇。

“下面，讨论今天的要闻。”他翻开新的一页工作笔记，语气掷地有声。

会议散了，尹年回到办公室，傅政勋已经在等，面前是当天的报纸与一杯冷掉的茶。

“我晚了一步。”傅政勋开口第一句话，听来没头没尾。

但是尹年听懂了，他看着面前这个高大的年轻人，脸上看不出任何情绪。

“但你一直都在。”傅政勋接着说。

尹年当然闻到了傅政勋语气中的指责，他只是拿起电话，拨通内线，吩咐秘书再帮傅先生沏一杯热茶过来。

这是傅政勋第二次来这间办公室找尹年，却到现在才认真看清楚他。傅政勋看着尹年，凌厉探究的目光仿佛捕猎的兽专注研究自己的对手。

再平常不过的单排扣西装，似乎穿了多年，没有领带，没有袖扣，白衬衫已经开始皱了，这身简单的衣着却在他身上显得格外熨帖。外面传说他早已过了四十，但看不出年纪的分明轮廓，这些都叫傅政勋疑惑。

还有，调查公司送过来的数据显示，尹年执掌报社这几年，报社的声望与效益节节攀高，想来此人手段必定了得，但他周身却没有一点锐利气息，也就是说，这人不露丝毫破绽。

秘书端了茶进来。

“仲恒基建想在尹总您这里投广告。”傅政勋咳嗽一下，换了在商言商的语气。

“欢迎。”尹年欠一欠身。

“很简单，仲恒基建的广告只跟商影年编辑负责的版面走。”傅政勋看着尹年的眼睛，“广告费我多给十个百分点。”

尹年扬眉，却依旧没有表示什么，只说：“我让钱主任过来，秘书会准备会议室，具体事宜他来操作。”

“影年不需要知道这件事。”傅政勋起身的时候加了一句。

尹年第一次笑了：“当然。除非，由傅先生您自己告诉她。”

那边，商影年回到电脑前，开始组稿。身后的议论也不是第一次听见，继续只当不存在。只是这一天的工作分外当心，不放过哪怕一点点细微差错。好在这天已经是周五，熬过去，还有休息的余地。时间，时间总是会过去，只是过程各不相同而已，用不着为这个发愁。只是对于人性，她始终是估计不够。或者她到如今尚有限的生命，不过是用来全心全意与自己的父亲做不懈斗争，所以忽略了世上旁的人，也不大懂得一样米养出百样人这样浅显的道理。

组完稿又特意看一看今天的工作通告，幸好，这天签版的人并不是尹年。商影年松一口气，别人都没什么所谓，不过冷下脸来公事公办。唯有见到他，怕自己不知道该怎样应对。能逃就逃吧，当鸵鸟好了。

商影年好不容易终于交差，回家倒头就睡，醒来已经是第二天午后。唉，终究还是醒了。所以说，睡美人的故事是个最为美好的童话。陆巧鸣自然也知道这件事，神色间颇有些顾虑，时不时问：“要不要紧？”反而是商影年叫她不用太担心："巧鸣，你也知道，这不是我第一份工，大不了再找呗。"

但只有这一份，她想要坚持下去，因为这里有他。

闲聊几句，商影年一个人出门。也没有什么要逛的店，漫无目的地走。遇见一家瓷器店，推门进去。精致的手烧瓷，气质温润，叩之却有金石之声，叫人心静气和。仿佛这创作里有某种神性的东西，它们被创作出来以见证时间。商影年站在一只豆青瓷杯前，哀伤地想：或许自己营营役役，意义还不如坐下来专心烧一只杯子。

她还记起自己以前有一套 Wedgewood 骨瓷茶具，绘着贵族们去猎狐，灌木丛边有骑士、马、猎犬，狐狸躲起来了，看不见。某个圣诞前夜在 Park Lane 当街的那家瓷器店买的。后来搬家的时候房东太太来收租，名正言顺打包拿走。正思绪万千，移动电话响。抓起电话来放在耳边，也不说话。只听见那头说："是我，尹年。"

"你好。"

"你在哪里？"电话那头问。

商影年出门看一看路牌，说出一个地名。

"你等我一下，不要走开。"不出三分钟，熟悉的身影出现在瓷器店外。他今天没有穿正装，只穿一件灰色线衫，米色布裤。看到他熟悉的身影，商影年才知道，自己的心原来是酸的。

爱过。

忘记过。

迷失过。

在无人的角落哭泣过。

怎么办呢?

却依旧愿意相信那命定的感觉。

只想要走到你面前说：请带我走。

怎么办呢?

“刚才在马路对面咖啡馆看见你走过，以为看错。既然都来了，可否赏光到舍下用餐?”他仿佛不知道她内心那么多感慨，笑意盈盈。这么巧，原来他的住处就在附近，原来这就是“送上门来”的意思。商影年也不多言语，低头跟着他走。

“时间还早，我知道附近有一家很好的书店，要不要去看看?”尹年看她不说话，停下脚步问。

“你家厨房里，此刻是否已经忙到人仰马翻?菜式不好，我是不肯动筷子的。”商影年收回心神，像煞有介事地说。尹年听了，但笑不语。

“刚才，在想些什么?”他转身问她，语气里的关切叫商影年把头埋得更低。

“给我两个金币，就告诉你。”

“我有一顿美酒佳肴，可绝不止这个价钱。”

“我想起，以前在伦敦的时候。”还有，关于你。

“在那边读书的日子开心吗?”他问。

“只记得论文好多，还有夏天来的时候阳光很好。坐在路边的小酒馆喝啤酒，再苗条的腰身都养出肚腩来。”商影年叹息，原来，那也算是好日子，自己以前竟然不懂得珍惜。但惋惜有什么用，我们能抓住的，不过是此时此刻。

商影年饶有兴致地回忆：“我学商业管理，导师让我们做一个新产品推广项目，我的预算中有一项是公关费用，高出一般比例。因为我计划带客户去SOHO的私人俱乐部看脱衣舞，酒当然要最好的。每一项支出都写得非常明白详细，附服务项目比较表格与联系电话。作业交上去，导师像看外星人一样看我。最后他用他标准的牛津英语说：‘女孩，你为什么会在这里？你该走出这间教室，速速找个好男人嫁掉，从此以折磨他为终身乐趣！’我答：‘先生，我会的，不劳您操心，只要您即刻把我的学位给我。’”

尹年听她讲得惟妙惟肖，早已经笑出来。

“他又问我那笔公关款项究竟是怎么回事。我答：‘现代企业管理发端于西方，成熟于西方，但是它的未来，要依靠东方的处世方法与智慧。’”

尹年忍不住又笑。

“怎么？你似乎并不认同，一路嘲笑我。”连她自己都不知道，原来那段寂寞的游学时光可以被演绎得如此精彩有趣。

“不敢，不敢。我想我很明白他的感受。”

“什么感受？”

“头痛。”他做一个痛苦的神色。

“你确定你的头不痒？”商影年挥拳恐吓他。

尹年做一个恐惧的表情。不知道还有谁见过他如此无拘无束的一面，商影年扬起唇角回头看他，耀眼的阳光在他身后，在他的发角镶一道金边。

她不禁轻声说："谢谢。"

笑容还没有从他唇边消逝，他侧首问："谢我什么呢？"为什么觉得，应该说"谢谢"的反而是他呢？

他与她之间，不知究竟是谁陪伴了谁，又是谁慰藉了谁。

Chapter 5 等一等我

他一直都在，在离她一步远的地方。

Chapter 5

-1-

在书店买几份杂志，尹年带商影年回住处去。到门口，商影年突然却步：“第一次来，我忘记带见面礼。”

“你要进去见谁？”尹年失笑，“是不是怕我沙发上脏袜子没有藏妥？”话刚说完，已经开了门。

空间开阔，色调是米色与灰色，长沙发后面，养着大棵的绿叶植物。落地窗前，挂着白色百叶窗。角落有一只白瓷鱼缸，里面养几尾红鲤鱼。走近细看，才发现那些竟然是中空的陶瓷鲤鱼，背脊上描一道金线。商影年知道那是旧时南方显贵之家的摆设，如此品相，已属古董级别。

“在看什么？”尹年见商影年看得这么专注，过来问。

“你偷懒的水平果然高超。”商影年指一指那缸薄瓷中空鲤鱼。

“工作忙，怕照顾不了活物，连盆栽都只敢养耐旱的品种。”尹年像是被抓到把柄，无奈地为自己开脱。

“这些鱼简直可以假乱真，手艺如此高妙，哪里找来的？”

“我父亲送的礼物，是他从他那宝贝莲花池中捞出来的小玩意。”尹年说，“毕竟儿人真得鹿，不知终日梦为鱼。”

“什么？”商影年没有听懂。

“晚饭一会儿就好，有鱼。”尹年笑，领她到书房坐，“喝什么？”

“不用，谢谢。”

尹年想一想，说：“要是菜不好怎么办？不如喝点什么，好充饥。”

商影年挑眉：“那，红茶好了。”

捧着红茶，商影年去厨房视察情况。尹年换上白衬衫，围一条黑色围裙，正在料理一条鳜鱼，手法娴熟。

“是清蒸，还是做松鼠鳜鱼？”商影年即刻觉得饿了，有点不相信自己会有此等口福。

“已经有一道东坡烧肉，这鱼清蒸，如何？”

“好。要不要帮忙？”

“我的厨房秘诀不轻易泄露，未经许可者不可踏足厨房，否则……”他扬一扬手里的刀。

商影年笑，退回到书房里去。樱桃木书桌上搁着一把水晶开信刀，看来被主人当作镇纸来用。又在书架前看一阵他的藏书。很多是已经有些年月的旧版本，让她想起考究的图书馆。书房的咖啡矮桌上竟然还放着盒老旧拼图，商影年看一眼上面的图案，忍不住在桌旁坐下，拿起盒中的拼图，一片一片直接放到特定的位置上，不用思索，也不比画。一张拼图，三下五除二就已经完成。

“天才儿童？”尹年进来，正好看到这一幕。

“时间太多，无处打发。”其实商影年的案头，曾有一盒一模一样的拼图，画着摩西出埃及。他听从命运的差遣，正要分开红河的水。

“时间太多？”尹年讶异，“我记得我们读书的时候，枕着参考书打盹，睁开眼一看，还有半个单词没拼写完。等论文完成，被导师勒令去理发店打理仪容。仿佛山中三天，世上三年。”

“所以你是领导，我是跑腿。”商影年倒是很干脆地认输，人的时间和心血早晚都看得见。想偷懒？不过是骗自己而已。“做领导，有什么感想？”

“感想？没有尽头的文件。会议室一律隔音，数十人困在一间屋内，围着一张会议桌，互相踢脚扔飞镖。叫人不知外面是否早已经世界末日。另外就是，人与人之间，其实并无多大的差别。他的想法和你我的究竟能有多少区别呢？有人却被选中，被推到台前。不过是时机问题。”他并没有走近，站在几步外说话。

商影年点头，看着尹年拿一块雪白餐巾擦手。明白更多事情并不如此简单，他这样说，不过是谦逊。从小在父亲身边亲见商场残酷杀戮，她也早已经知道，天大的决定往往是由一两人谋划决策。只手遮天，权倾天下，这样的词汇似乎都带褒贬之意。但那一刻，商影年却觉得将决定权托付在那样一双手里，再妥帖不过。

“啊，鱼好了。”尹年看一看手表，“开饭！”

在餐桌前坐下，三菜一汤，卖相上佳。

“手法不错啊。”

“多谢捧场。治大国如烹小鲜嘛。”天下事都要从厨房开始努力。

“你在哪里学的做饭？”

“读书的时候。”

“在中国餐馆打工？”

尹年笑：“不，不是。我父亲最讲究治学严谨，认为成事之关键在‘专注’二字，所以没有让我打过工。现在家里帮忙的阿姨还时常向我抱怨，说老先生看书听戏都容不得一点噪声，害她只能等他出门打太极会棋友，才有时间吸尘洒扫。”

“老先生一般什么时候出门？”

“早晨五时许。”

“咦！”商影年扮一个鬼脸。

“呵，影年，你的笑……”

“什么？”商影年从美食里抬起头来，心情到此刻已经转好，心上的铅块不知不觉卸掉。

“你这样年纪，不该把心事藏这么深。”尹年眼神闪烁。

“我怎样的年纪？你说话的语气像个长辈。”

尹年无奈地摇头：“我确实老了，感觉天天在走下坡路。”

“倚老卖老。你又是在哪里读的书？”商影年清一清嗓子，问。

“在美国读的新闻，在英国修过两年法律。”

“在英国读法律？”英国不属大陆法系，学来不是没有直接用处？

“英国的学制短，是以我去那里偷懒投机。”谁不知道英国的案例法体系最烦琐，居然有这样偷懒的方法。

“什么时候？”会不会，他们其实早就遇见过？在千里之外，异国他乡一个陌生的路口。

“好久之前了。我记得那时候 *Essays of Elia* 还被翻译为《伊利亚随笔》，现在叫文集了。”

“你看 Charles Lamb ？文绉绉的老爷子，很有意思。”

“是，与课业无关的，都觉得精彩有趣。”

“会看小说吗？”

“也看。与学业最无关的书就是小说，所以看得最起劲。现在却不看小说了。”

“那看些什么呢？”商影年问得津津有味。

“看传记和历史书。小说不过是虚构，好像已经没有耐心去等待那些情节的展开。”

“历史都是发生过的事。知道了结局的故事，为什么还要看呢？”商影年似乎很不以为然的样子。

“纸上的经验，有人说看过去的教训可以启发将来，对我来说，不过是有了结局的故事，更让人安心吧。”

“我最不喜欢的就是历史故事。发生过的事硬要说成是教训，其实事到临头还不是一样要随机应变才行。”

“那你读些什么？”尹年笑着摇头，拿她一点办法都没有。

“杂志。我只读杂志。”商影年很骄傲地宣布，“书有什么好读，书里除了字，什么都没有。”

尹年哈哈大笑：“是，你说得对！”

“是时候上甜点。”他又起身走进厨房。

中餐居然还有甜点。商影年却觉得正中下怀。化悲愤为食量，尤其是甜点，最能解人愁肠。甜点上来，尹年说：“来，看看我们这次晚餐的happy ending是否够甜蜜。”

商影年看着盘中的草莓拿破仑蛋糕，不正是自己最爱的甜品？但举起刀叉，却欲言又止。

“有什么问题吗，奶酪不够多？”

“不好事事烦劳您吧，尹总。”

“怎么，这么说来，有比奶酪更为严重的事？不过既然我都做饭给你吃了，还有什么忙不可以帮？”他见招拆招，举重若轻的语气，专心致志地开始对付自己盘中的甜点。

“我是不是给你添了很多麻烦？”

“怎么会？你为何这样想？”尹年挑起眉，神色惊讶。这个人世，他一直习惯于站立一旁静观，直到她出现。

商影年觉得鼻酸。心下知道，彼此都不是轻易肯将别人纳入自己生活圈的自然熟性格。纷繁的世事在身边，光影流离之中，却始终内心岑寂。但她更明白，当内心悸动，无论如何努力终无法克制真情流露。

“好。那这次的事情，你就不要过问。”

“签样上最后签字的是我。”尹年当下明白她说的是什么事。

“但错在我，我是责任编辑。”

尹年摇头：“这事我都不相信，你自己却照单全收？方明华这次针对你，不过是因为上次公关稿的事。这样说来，那也是我的责任。”

商影年不再说话。

“另外，傅政勋先生上周来过报社。”

“他又来做什么？”商影年疑惑地问。

“当然是投广告。”尹年微笑，“你以为呢？朝我扔手套？”

“骑士精神那一套，如今早就行不通了！想想堂吉诃德吧。”商影年皱眉。

“你是家中独女，对吗？”尹年决定换话题，免得她深究。

“你怎么知道？”商影年语气惊讶，等于是承认了。

“吃饭的时候，你总把最喜欢的菜留到最后吃。”他说。商影年笑了，其实哪里会怕有人和她抢，很多时候她连一起吃饭的人都找不到。

“那，你……有孩子吗？”

尹年停了刀叉，怔住。过半晌，他终于答：“没有。”

商影年也放下刀叉。两人沉默。

“一开始是因为工作太忙，后来……”他耸耸肩，决定再换个话题，“听说你已经拿到了月度最佳版面？”

“说明尹总您慧眼识人。只是这次的事故，让刚到手的奖励折损不少光辉。”商影年放下餐巾，“谢谢你的款待。我要回去了。”

尹年没有挽留，起身披上外套，开车送商影年回去，路上两人都没有说话。车依旧停在那个路口，正当商影年要下车的时候，尹年突然说：

“我知道自己在做什么，如果我做得不够好，我很抱歉。”

“晚安。”商影年拉开车门下车，她匆忙地想要藏起自己的泪水。

尹年目送她走进夜色消失在街角，一路都不曾回头。

傅政勋的话犹在他耳边回响：但你一直都在！是的，他一直都在，在离她一步远的地方。事到如今，如果不能后退，也不愿抽身，那么就该踏前一步。

尹年发动引擎，缓缓加速。水一样凉的夜从车窗外漫进来，掠过他的发梢。在他人生中第一次明了，原来当你爱上一个人，那感觉是如此酸楚，因为你的心从此不再属于自己，你的喜乐都握在另一个人的手心。

周一，处罚通告正式公布，当值主编尹年记过。

看到公告的商影年咬紧嘴唇，一言不发。打开当天的工作通告，上面说今天由总编辑尹年负责签版。商影年不得不为了主打稿件的确定去他办公室当面商量。所谓冤家路窄，没料到正遇见方主任一脸怒气从尹年办公室出来，看见商影年，额角的青筋暴得如手指一般粗。商影年镇定地侧身让他过去，像小心躲避一头暴怒的牛。

尹年的脸上也有怒意，只是他藏得好。但是心细的商影年依旧看见他拿茶杯的时候，半杯水泼到桌上。不知道该是怎样的言辞，才能如此激怒他。

“我见到公告了，可你答应我不再过问这件事情。”

“分寸并不是每个人都懂。”尹年的语气是无奈的。

商影年立即明白了，你不计较有什么用？原来，是人家不愿意放过她呢。为着自己的天真，商影年不禁红了脸。如此想来，商影年对自己说：命运对你，确实不得不如此。因为你这样倔强亦不知讨好，并不太聪明，又不够笨。简直是块不知道如何下手的硬骨头，所以只好用脚踢。

她唯有低声说："对不起。"

尹年却笑了。对不起，谢谢你，你好吗，我爱你。人与人之间，不过是这么几句问候应对。但其中转折纠缠又岂是三言两语可以说尽？

"错的又不是你。"他不疾不徐地说，语气里有旁人无法觉察的郑重，"我希望这件小事不会影响到你。"

把方明华这样的人当敌人，他有多么大的面子？反正商影年自认没这样的空闲。她看着窗外的城市说："我不是那种相信吃亏是福的人。但我更不喜欢浪费，这世上多少人，又多少事，值得付出真情绪？"她只是不想计较，从心底看轻那些手段。但如今吃一次亏，以后再与这样的人打交道，一定要多留一份心。

"我明白。"尹年回答。但他的心悬在她的身上，害怕她担了太多的辛苦。这样倔强，仿佛这么些年来，船是自己，灯塔是自己，岸也是自己。再紧的鞋子穿在脚上，也只有自己知道那份苦楚，但绝不向第二个人透露半点。

"我答应过你，会妥当处理这件事。现在的结果，我认为再合理不过。"这毕竟是个真刀真枪的游戏，根据规则，不是所有参与者都能全身而退，所以他上前一步，替她挡下。

事情如此就算正式落幕，所谓快刀斩乱麻，只是越简单快速，浮言就越多。原因不过是商影年的女性身份，要是换了男编辑，或许只会说领导爱护下属，肯给他们机会。

虽然商影年也料到，经此一役方主任知道了深浅，不会轻易再对自己怎样——大概这正是尹年的本意，但依旧不免对自己的身份感到尴尬。这令她想起父亲商仲恒的好，他从来没有这样狭隘，从没有性别偏见，一心要培养商影年成为事业继承人。只不过，她不领情。

商影年还记得，父亲时常在办公桌后摇头。现在才明白，他不是在否定她的言行，而是在说：关于很多事，她尚未知晓彻底。

真的，有很多事，我们都是到后来才懂得。

只是这时间的事，我们无能为力。

-2-

编前会，商影年看一眼发下来的版面安排，心下有几分诧异，广告位居然早已经下来，而且是标准五十行，不多不少，没有异型。商影年暗自吁一口气，不过依旧不敢懈怠，亲眼见到组版员将签样归档，又将版面上传才打卡下班。

时间早，公交车还没有停止运营，商影年决定走段路去搭公交车。经过早已经打烊的百货公司，发现店家为了展示新季时装，依旧亮着橱窗内的灯，照得橱窗内一片春光明媚。都不记得有多久没有添置新装，上一次逛商场似乎已经是前半生的遥远记忆。商影年站在橱窗边发呆，待回过神来才发现自己的身影映在橱窗上，腰背不够挺直，看起来疲惫不堪。她正一正身，加快脚步往公交车站走去。

回到住处，却发现陆巧鸣还没有睡，她坐在暗中，看着锁门的商影年，眼神闪烁却不说话。她一直是犀利磊落的人，穿套装，大声说话。是以商影年觉得这场面有几分不妥，担心地问："巧鸣，发生什么事了？"

"钱主任今天找我吃晚饭。"明眼人都知道，他一直对陆巧鸣有意思，商影年不觉得这样的约会有什么奇怪。

"他告诉我，傅政勋和他签了一纸广告合同。"

傅政勋。

商影年隐约意识到这次的事情不会简单。她在桌前坐定，钥匙随手放下的时候叩击着桌面，那声响在暗中听来分外夸张。

"这是一张很有意思的合同。钱主任从业以来都没有见识过，所以第一时间向我展示。"陆巧鸣的语气像是在谈八卦，"他在合同里要求，广告要跟商影年的版面走，一律五十行，为期一年，预先支付 30%，其余款项每季度另外结算。"

商影年听到这里已经觉得头皮发麻，但是不知道该说什么，于是只有静默地听她说下去。

"你知道我对傅某有意思，主动约他吃饭。但最近，他都客气地婉言拒绝。"陆巧鸣说到这里叹息一声，但随即语气平静地继续讲，"听钱主任说起这合同，我第一反应是：他要追你。上次的版面风波他想必已经知道，所以借机表现。当然，开始时我很失落伤心，因为我心仪的人看上自己好友。但我很快明白，这不是谁的错：我们都没有办法左右别人的想法。”

“巧鸣……”

她做一个手势，要商影年继续听她说下去：“钱主任说，他曾在报社附近的餐厅看到你们见面，看样子不是初识，而是早就认识。还有，傅政勋背后的大老板是商氏。你的姓氏不是巧合对不对？”

商影年不回答，她默认。

“我早该感觉到，记得我刚接下政年大厦那个广告案时，你很关心，而你以前从不过问我的工作。还有，他赞助你报道的公益活动，我也本应该猜到其后有关联。我们见面，他时常说的话题是你，我也应该明白。但是我一心想钓金龟婿，被财色迷昏了头，不想去追究。”陆巧鸣的声音依旧平静，但情绪已经失去控制，想着所有叫人扼腕的“我本应该”。或许她一直以来都太累，所以找借口发泄一下。终于她抬起头来，问：“影年，我们这几年相处，我与你推心置腹。你当真这么冷血，等着看我笑话？”

事已至此，商影年觉得不如平铺直叙，省却其中周折。她恳切地说：“不，不是这样，巧鸣，你是我最好的朋友。你要不要听事情原委？”

“有何不可？离天亮还有大把时间。”她靠进沙发中。

商影年停一停，把自己想要说的前因后果先在心下打个腹稿，本以为会是个曲折的故事，但到此刻才发现，居然不过是三言两语。呵，这么多年，以为是天大的事，投入不知多少心血脑力，代价不菲，到头来不过是这样。

她清一清喉咙，艰难开口：“我和父亲感情不好，到合适的年纪就去留学。在伦敦遇见傅政勋，凑巧的是，他毕业后进入我父亲的企业，工作出色。也是那时候，我和他分手，有几年不联系。直到因为采访，重新遇见他。”

“发生了什么事？”

“什么事也没有，只是不爱。”商影年摊开手。

“原来这几年，我与商家大小姐处在同一屋檐下。啊，你们真是，唱戏的不累，看戏的腰疼。”陆巧鸣笑，那笑声里有嘲讽的意味。她是嘲笑她自己的无知。

“巧鸣，我不是要瞒你，但这些事情都已经过去，我不想再提……”

陆巧鸣揉着面孔，姿态很疲惫。她想着商影年的话，不知道要不要全盘接受，谁说得清楚呢，或许事情就是这么简单，但她觉得自尊心受伤。

“知道得太多，究竟是好是坏？不知道的，不会让你伤心。”陆巧鸣的眼神遥远而恍惚，仿佛在想着千万里之外的事情，但随即她恢复一贯的冷静，“但我情愿有选择的权利。”

“我不知道。可是巧鸣，如果太阳此刻熄灭了，我们要八分钟以后才知道。知道的时候一切来不及。如果早一点知道，也不过是多八分钟的恐惧，没有用。”商影年似是完全明白她的意思，接着她飘忽的话头说下去，像是打一个哑谜。

“怎么会？八分钟可以做很多事情，起码有足够的时间打个电话，说句想念与道别的话。”

“不知道那时候太阳系突变会否引发磁场混乱，干扰通信？”

“啊，也对，我居然忘记这一点。物理原理是不变的真理。”

“早知道学理工科了，一技傍身，谁都不敢怠慢。”

两个人的话题，越说越远。

“这房子快到期，我不准备再租下去。”陆巧鸣终于说。

“我知道，我会另外找房子住。”商影年拿起钥匙，缓缓站起身来，回到自己房间去。她没有再说什么，但颤抖的双手出卖她。一定是这样，否则一封长长的信到了最后，独缺关键一行，多么叫人心焦。但这一句究竟是决定圆满结局或者悲剧收梢，并不由看故事的人决定。

商影年整晚都无法睡得安稳，天一亮她去找傅政勋。

傅政勋听完商影年的话，满脸歉疚与担忧：“对不起，我……”

“这不关你的事。巧鸣知道的，不过是事实。”商影年垂下肩膀，眼下有阴影，累得不行，“为我买广告位，这手法倒很新鲜。”

“广告总是要投的，你负责的要闻版，内容正面，消息权威，怎么说都最合适。”傅政勋说到这个，却是底气十足。

是，傅政勋总有原则。所以到如今，两人都没有恶言相向，公事上依旧有商有量。商影年没有再纠缠这个问题，最后只说：“等这期合同满了，不用再续。”

傅政勋颔首：“我明白，我有打算。”

“另外，政勋，我要换地方住。”

傅政勋听到这里，明白她们之间的友谊已经没有转圜，不禁神色黯然，替商影年感到说不出的遗憾。

“是的，我和巧鸣再不能做回以前的密友。凡事都有代价。我自作自受。”商影年笑，只是那笑分外苦涩，“我的报应，都要来了。”

记得当年在仲恒基建的办公室，她觉得受到欺瞒愚弄，不听任何人的解释，转身就走，如今才知道对方心里什么滋味。

“乱说什么话。房子，我帮你安排。”

“谢谢你，政勋。地段不一定要好，小一点，我预算不多。”这次商影年没有拒绝。报社有那么多版面等她，还有多少心思和时间去处理那么多琐碎的事情？

第二天早上房子就已经找好。傅政勋开车来帮商影年搬家，把车停在楼下。“你瞧，丝毫不用你操心。如果没有报社那份工作，你可名正言顺回去当大小姐。”陆巧鸣正要去上班，遇见这一幕。商影年双目刺痛，她努力几次，终于什么都没有说，只是伸出手来。陆巧鸣犹豫片刻，轻轻握住。

我的命运受到了诅咒。从此，我手指所触碰到的一切，都成了碎片。

“再见。”终于说出这两个字，商影年被自己的声音吓到，这么粗哑，仿佛艰难已极。

新住处朝南，卧室并不大，但一个人住绰绰有余。除去厨房卫生间，还有一个小小客厅。上一任住客留了盆绿色植物在墙角，枝繁叶茂。商影年签字画押，向中介交付定金与租金，然后回报社上班。精神不好，但是工作依旧容不得懈怠，百上加斤，时时觉得背后有人要跳出来指责她：“商影年，你究竟是谁？你又有什么资格在这里？！”

到晚上十点，版面完成得差不多，总编办公室秘书到编辑部来送消夜。“来来来，大家辛苦，尹总请客！”她大声招呼，值班编辑们蜂拥而上。商影年没有什么胃口，坐在电脑前挪不开步子。

“商编辑，你不抢，只剩下这块蛋糕啦。”那位秘书将一块草莓拿破仑送到商影年面前，调皮地眨一眨眼。商影年立即知道是谁的特别交代，她道一声谢，接过那块蛋糕。草莓的酸甜滋味，融合奶酪的浓香，化掉她心头泪意。抬头望一望，尹年的办公室漆黑一片，他又出差了。商影年只有暂时将不愉快放到脑后，专心享受这小小的甜蜜关怀。

即将入夏，城内时常有大雨。或许年年如此，但这一场在商影年看来有大势已去的感觉。中午接近午饭时间，手边的电话响，一看来电显示，居然是陆巧鸣。商影年镇定下情绪，按下通话键，那边陆巧鸣的声音倒听不出有什么波动，只问是否有时间一同吃饭，商影年也不过问缘由，当即一口答应下来。陆巧鸣说出地址与时间，挂了电话。

在餐厅坐下，陆巧鸣没有看菜单，也并不寒暄，只递过来一纸大红的结婚请柬："我要结婚了。"

商影年万分惊讶，但是藏得好，故作平静地打开请柬来。只见上面用蝇头小楷写着："钱祝文先生与陆巧鸣小姐共结秦晋之好……"哦，是广告部钱主任，提到嗓子眼的心落了下去。再一看日期，有些诧异，脱口问："时间这么紧，今天也还在上班吗？"

陆巧鸣答："不，我请假在家准备。"

商影年这才知道，今天陆巧鸣这身精心的装扮是给她看的。以前她们两个穿着睡衣挤在一张沙发上看碟。一时有些鼻酸，但不知道说什么。

"报社很忙吧？"

"现在是要闻编辑。稿件质量上乘，广告位一早定下。没那么苦了。"

"听说了。什么时候升头版编辑？"

商影年笑，这种事情，谁知道。她其实也不关心："巧鸣，过去多亏你照顾。我……"

"把仲恒基建的广告都签给我，我自然原谅你。"

"巧鸣……"

"哈，这话你也当真？就算你真能给我这个瓷器活，我还怕自己没有合用的金刚钻。"她的笑容仿佛是说：你这个傻姑娘。

商影年知道自己又犯下一个不能弥补的错，心急如焚。

"以前你帮我，现在如果需要我帮忙，自然义不容辞。"

"我帮过你？"陆巧鸣仿佛听见新闻。

"我能有报社的工作，都是靠你。"

"这也叫帮忙吗？举手之劳。何况，没我这无心插柳之举，你或许早回去过富家小姐的舒服日子，不用这么奔波，更不用看人脸色，听人嚼舌根。你可以先拥有一切，然后悲伤而无奈地说：这些通通不是我想要的。"

"巧鸣……"商影年红了眼睛。

"不用觉得对不起我。上帝并不会让人人平等。"

他不能够，或者他不愿意？

"我们是好朋友。"

"其实，影年，你帮我才是真的。真相是我投资失败，工作瓶颈，走投无路。从尹年那里拿到优惠价格，到客户那里走个来回，就补上漏洞。"

"尹年？"

"全市没一百也有五十家广告公司，谁有能耐在尹年那边走到后门？但我陆巧鸣可以，因为我的筹码是你，商影年。"

“我，为什么？”

“你不明白？是，你不需要明白。”陆巧鸣嘴角扬一扬，随即低头喝茶。

“巧鸣，我之所以一直没有告诉你我的事，以及我与傅政勋的关系，是因为，我以为那些并不重要。”那些也曾是她自己都不愿意触碰的伤疤，“对不起，巧鸣。”

陆巧鸣没有抬头，她轻轻说：“这就是你的好处，影年，你不大责怪别人。”商影年却在心内叹息，怎么会，怪自己的父亲，怪足二十年。或许不过因为他是她生命中最最重要的人。见陆巧鸣不给她丝毫道歉的机会，商影年也不知该说什么，只好沉默。

陆巧鸣看一看表：“你还要回去工作吧？不打扰你，再见。”从头到尾，都没有谈起结婚的事。商影年拿着那张红色请柬，若不是有这份证据在手，她真以为是自己记忆出现偏差。

回到办公室，商影年坐在电脑前，只觉得肩膀上有千斤的担子压得她抬不起头。如今，连小邵这个开心果都被发配去边疆，原来生活里少一把笑声，差别是如此大。

下午四点三十分开始聚拢起来的迷雾，到六点的时候，已经把整个城市笼罩。一切都失去了颜色，变成蒙蒙的灰，只有街角酒店的霓虹灯，远远看去，红得仿佛在燃烧。终于撑到下班，走出报社大楼就见傅政勋的车停在马路对面。商影年上了车，坐到后排座椅上，扬声道：“司机，麻烦你载我去火星。”

傅政勋看一看后视镜，道：“是。”

车窗外是迷蒙的雾，在夜色中聚散来去，空气潮得能滴出水来，车窗玻璃上不多时已聚起薄薄一层水汽。商影年干脆伸手在水汽上画大滴大滴的泪水。

“今天收到陆巧鸣的喜帖。”傅政勋突然说。

“我也收到了，她自己送过来的。”

“你们和好了？”

“本就没有仇怨。”商影年模棱两可地回答。到新住处楼下，商影年并没有请傅政勋上去坐。她扶着车门向他道谢：“政勋，我下班太晚，不敢时常这样烦劳你。放心，我已经记得回家的路。”傅政勋听完，并不多说什么，道声晚安，驾车离开。

窄小的电梯缓缓上升。商影年将肩膀靠在电梯墙上，垂下头。小的时候，常常不开心，那时候的她曾以为只要长大就好，成年人多么洒脱，一杯酒握在手里，什么问题都可以谈，什么都能得到解决。后来，知道事情不是这样。幼时的她只看见表面最光鲜那层膜，像运河上漂浮的油渍。

只是走到今天，内心不再渴望，所以，容易放下。

-3-

迷蒙之中，听见耳边有音乐。原来是音乐播放器一夜未眠，还在重复播放着那首*Desperado*。商影年蜷起身，又听一遍。然后揉一揉面孔，起床。在新居尚感觉陌生的浴室中沐浴更衣。

“亡命之徒，你何时才能够明白，你所要的一切，原本唾手可得，你为何总想得到无法拥有的那些……”

天色微明，落地窗外是城市无边无际的清晨，笼罩在青灰色薄雾之下。商影年在窗前驻足，看着遥远的天际线上，崭新的时光与希望正一起向她涌来。脚下的这片万丈红尘，看来悠远而清明。这个空阔的世界，看来又回到混沌初开那瞬，仿佛什么都没发生过。

这壮阔的宁静里蕴藏着某种看不见的力量，缓缓渗进她骨血中去，使她愿意相信，从此刻开始可以将人生全部改写，可以出发去征服世界。

商影年振作精神，到厨房煮一壶茶慢慢喝完，然后出门添几件新衬衫。路过男装柜台，不禁停下脚步来。售货员赶忙迎上去，热情地介绍道：“小姐，我们刚上了新款，您看看。”

商影年迟疑半晌，终于比画着问：“这么高的个子，大概穿多少号？”

售货员小姐笑了：“买给男朋友？”

商影年也不分辩：“白色的这件，还有细条纹的这件，麻烦您给我找合适的尺码。”

上班途中经过政年大厦，上去见傅政勋。

“新公寓住得好吗？”傅政勋放下手头的文件和她聊天。

“很好，谢谢。”

“工作呢，是否顺利？”

“托赖。有你那五十行的广告位帮忙，轻松许多，可以喘口气。”商影年笑，傅政勋如今倒像个关切的兄长。

他仿佛也觉察到，笑了。

商影年将包装妥当的衬衣交给傅政勋："下次回去帮我带给他。"

"既然不忙，何不自己回去一趟？"

商影年想一想，终于实话实说："我，还没有习惯。"

傅政勋连忙问："那我呢，这么多年朋友，有没有礼物给我？"

商影年从包里取出一块巧克力放到他光亮可鉴的办公桌上："喏，跑腿费。"

傅政勋咬牙切齿道："多贴心哪！"

商影年笑着起身告辞。

到报社，发现新一期的优秀版面评选结果已经揭晓，商影年获得一个最佳版面奖与一个最佳标题奖。到此时，身后已经不再有议论，或者只是商影年的听觉开始退化。

案头的电话在响，商影年连忙前去接听。

电话那头熟悉的声音说："是我，尹年。你上班了？"

商影年答："是。"

"今天不是我签版，有一篇要闻将分配到你负责的版面，时间还未定，可能会比较晚。一会儿值班主编会与你联系，今晚辛苦你了。"

"我知道了。"商影年听着他遥远的声音，用公事公办的语气和他应对。但心下很想问的是：你在哪里？

静默片刻，正要挂上电话，却听见他在电话那头说："我此刻正在机场，还有大约三个小时，就回来了。"

商影年紧紧握着听筒，轻轻说："欢迎回来。"

那条突发水污染事故的稿子到深夜十二点三十分才最后定稿，兹事体大，商影年小心检查过三遍措辞文法才上传。走出报社，月亮正到中天，银盘一般明晃晃。商影年抬头看着那轮满月，轻声问：“不知天上宫阙，今夕是何年？”

尹年自路对面的车上下来，正看见她对着月亮发呆，依旧是那身利落的衬衫长裤，改稿时卷起的袖口还没来得及放下，白皙的面孔带着一丝疲惫。

商影年看着他从暗中走来，白衬衫映着月光，分外磊落。她由衷地笑了出来：“呵，你回来了？”

尹年也笑，简单地答一个字：“是。”他只来得及回家换下行装，便到报社门口来等她。

坐进车内，商影年闻见熟悉的4711科隆水气味，苦橙叶与迷迭香。他想必刚沐浴过，发角微湿。“前面的路口转弯。”商影年突然想起尹年还不知道她换了新的地址，“明天是周六，你有没有时间？我搬了家，请你吃饭。”

尹年答一声“好”，并没有问为什么搬家，又为什么请他吃饭。

周六傍晚尹年按时上来按门铃，手里是一束白色的铃兰。他在沙发上坐下，原本尚算宽敞的客厅突然变得狭小起来。商影年找了只玻璃水杯出来将那束铃兰养在水里，不禁问：“这么别致的花，你哪里找来的？”

“街角。”尹年答。商影年每天来去，为何她却从未见过？是，太多美好事物，这一路她都错过。

尹年看着她静默的侧面，在暮色中，犹有光，如珍珠的光华。但这如花的容颜背后，却藏着荒凉心事。但她不说，他便不问。都说活到老，学到老，但人到一定年纪就不再随便发问。阅历战胜了好奇心。

商影年回厨房去，尹年在沙发上扭头问："要不要帮忙？"商影年在厨房里开着小小无线电听广播，没听清他说什么，围着围裙从厨房里探出头来关切地问："你说什么？"

尹年的语气突然变得非常温柔，他轻轻道："没什么。我想问，什么时候开饭，饿了。"他伸个懒腰，恍惚之间，以为自己已经在这小小的蜗居中过了将近半生，在沙发上翻着杂志等晚饭。

过半晌，商影年从厨房端出饭菜来，大声宣布："开饭了！"尹年欢喜地应一声，到饭桌前坐下，待他看清桌上的菜色，疑惑地扬一扬眉毛："你在英国怎么活下来的？"且慢，看来要在这屋檐下生活，日子并没有像在沙发上坐等开饭那么简单。

只见那桌上三菜一汤，除番茄蛋汤外，分明都是附近餐厅送上来的外卖。商影年理直气壮地答："世界上有样发明叫外卖嘛。"尹年摇摇头，埋头开吃。

商影年帮他盛一碗汤，才改掉理所当然的语气："当然也不是天天吃外卖啦。"事实上她买了一只电饭煲放在宿舍里，不会做菜，就光吃白米饭。路过超市，也会买一瓶日本酱油，冲碗汤下饭。居然也是极好的滋味。

"对了，你父亲喜欢听什么戏？"商影年问。

"他老人家喜欢听麒派。"

孤直坦诚。麒派唱腔常显枯哑，有苍凉意味。

"你父亲可有什么爱好？"尹年问。

"开拓新市场。"商影年头也不抬。所谓为尊者讳，为亲者讳，但这是大实话。

“人在不同时期，确实有不同的爱好。”尹年说得很中肯。

“那你此时爱好是什么？”

“签版。”尹年停一停才回答，语气很是保留。随即他问：“那你呢？”

“自然是做版，拿头奖。”商影年狡猾地笑。长官都这么说了，难道她是这么不上路的人吗？“那你家老爷子最爱看哪一出,《乌龙院》还是《追韩信》？”

尹年为难，过半晌终于皱着眉问：“有区别吗？”

商影年笑：“京胡的声音有时候确实可以杀人。”

“不过京剧里有一出叫《三岔口》，我印象深刻。”说完这话，尹年小心翼翼喝一口汤，还好，盐与味精都没有超标。

“是，我原先也并不知道，原来可以这样表现黑暗。”商影年想起自己第一次看《三岔口》时的震撼。中途音乐突然停了，两人明明面对面，却看不见彼此，在寂静中摸索、厮打。那的确是关于黑暗的绝妙演绎。当年在图书馆影音资料室内，商影年曾看得泪流满面，仿佛那是世上最严重的一出悲剧。

饭菜都吃得差不多，商影年起身拿饭后甜点出来。是莲子羹，淋着金色桂花蜜。

尹年一闻香味就脱口而出：“啊，满觉陇的桂花。”

“这个你也知道？有什么是尹总你不知道的？”商影年讶异。买桂花干时，那位老先生确实是这样告诉她的。而她只觉得这桂花香气浓郁，地名别致，并不知还有来历。

尹年接着说下去："都说满觉陇的桂，桃花坞的水。我老家在满觉陇上，年少时，一年最开心的时候就是入秋，打桂花做莲子羹。"

商影年闻着那金色的甜香，绵密醇厚，仿佛可以醉人，不禁神往。她终于问："下次，可否带我去？"

尹年笑："当然。不过作为报答，你要负责陪我父亲听《追韩信》！"

商影年毫不退缩："这有什么，要我演《三岔口》也无妨，舍命陪君子嘛。"

尹年放下碗筷，理所当然的样子，说："君子远庖厨。这碗就有劳姑娘您洗了？"

商影年气急，又不知如何辩驳，只好说："喂！"尹年看着她鼓起的腮帮子，不禁大笑。起身利落地收拾碗筷，走进厨房拿过围裙穿上，三下五除二就已经解决了一半的碗碟。商影年跟在他身后，只觉得叹为观止。但嘴上依旧不饶人："不做君子了？"

"我是担心这些碗。好端端的，不晓得会不会无故粉身碎骨。"

"我什么时候叫人这么不放心了？"商影年不服气。

"要不要我一一数给你听？"尹年洗完最后一只碗，从商影年手中接过毛巾擦手。他的语气再温柔不过，却又有一丝无奈。

"发生什么事？"商影年已经觉察到。

"编委会希望让你做头版编辑，唯我一票反对，势单力孤，怕是挡不了多久。"

"这不是所谓的高升吗？我是不是该高兴？"

"这工作很辛苦。"

“我知道。”哪一个工作不辛苦呢？

“工资也会涨的吧，从此收入可观吧？”商影年的语气听来十分轻松，神色也是十分关切。

“是，你会成为报社高收入阶层。”尹年无可奈何，只有笑了。没想到会在这小小厨房里和她谈这件事情，要不是这气氛让他意志松懈，他真不知道如何开口。要亲手将一份重担交到面前这一副瘦弱的肩膀上，于心何忍。

商影年仿佛知道他的心思，说：“治大国如烹小鲜。如今我连番茄蛋汤与莲子桂花羹都会了，尹总，你就放心吧。”

在未遇见他之前，这条铁鞋黄砖路，她就早已经走惯。如今可以跟在他的身后，又有什么好担心？

-4-

编前会上，由总编办秘书宣布了商影年成为头版编辑的决议。整个会议期间尹年都看着工作计划，没有说话。他专注地听着，然后撕开一包喉糖。待会议即将结束轮到他布置工作时，大家才发现他声音嘶哑。

尹年轻声致歉，然后公布版面安排，指示各条口需要密切关注的新闻。

商影年看着他略显疲惫的侧面，听他用沙哑的声音逐条点评昨天的新闻。如今，她从毫无工作经验的地方商业新闻部记者成为报社最年轻的头版编辑。从今天起，她就是尹年的直接下属，凡事只需向他报备。一时之间，以为自己已经跟着他走过了千山万水。但其实，不过是两年不到的光景。

午夜十二点，商影年离开办公室，到卫生间拧开水喉，用冷水泼湿脸庞。版面都已经到了，距离头版截稿时间还有半个小时。这是她的第一份头版。

为了应付今天无可避免的紧张与忙碌，商影年为自己准备了白衬衫和黑丝绒西装。这就像是她的铠甲，披挂上阵。不管还有没有柔软的内心，我们起码要具备坚强的外表。成年人的世界更多荆棘，披荆斩棘，全靠这一副肉身。若不小心应对，难保不满身伤痕。

深吸一口气，商影年拿过版面敲响尹年办公室的门。他好似已经等她很久，但只是接过版面细看起来，并没有说话。是，说什么呢？

第一次做头版有何感想？

是否喜欢这份工作？

有没有人为难你？

可曾觉得辛苦？

没有旁人能比他更清楚，她是怎样一步步走到了他的面前。

最后，尹年提笔在商影年的签名后面写下自己的名字。他将签样递还给商影年的时候，仿佛突然松一口气。看着那签名，商影年也顿时觉得肩头的分量卸了去。

“呵，下班了。”两人同时说道。只是尹年的声音更加嘶哑，听来憔悴不堪。

“你的声音……”

“没什么，只是小感冒。”他做一个抹脖子的动作。

“该多休息。”商影年收起签样，说道。

“我知道。”尹年颔首。但不亲眼看见她顺利接手头版编辑的工作，他如何安心请病假？如今他能做的，也不过是在这里帮她把最后一道关。

商影年交了签样回来，尹年办公室的灯已经熄灭，他想必已经回家休息。空空荡荡的办公室里只剩下她一个人，商影年揉一揉酸痛的肩膀，关上电脑下班去。

刚走出报社大门，就看见马路对面停着那辆熟悉的车。

“太晚了，我送你回去。”尹年的语速很慢，声音仿佛被砂纸磨过。

“可是你生病，还是我送你回去。”说到这里，商影年笑了，“这样送来送去，天都亮了。”

“听领导话。第一天上岗就想造反不成？”尹年声音虽然轻，语气却不容反驳。

初夏的风，有暖意。商影年打开车窗，在风里眯起眼睛。

“头版编辑的工作，很辛苦。”尹年突然说。

“我知道。”商影年答。他已经说过多次，仿佛在等她反悔。

“如果觉得辛苦，告诉我，不必勉强。”他终于这样说。

“那如果我努力，有没有奖励？”商影年转身看着他，语气轻松，神情却很认真。

“有。你想要什么？”尹年的目光看着前方，他的手稳稳地扶住方向盘。

商影年侧头想一想，然后专注地看牢尹年。

尹年依旧没有回头，但对她的心思再明白不过。他轻轻点头，郑重道："好，我答应你。"

商影年开心地笑了起来。

报社是个大码头，不时有人来，也有人走。不知不觉，商影年已经成了报社的传奇人物，新来的编辑记者都想见见她的庐山真面。借故到编辑部来一探究竟的人，并没有看见传说中那个三头六臂、手腕一流的狠角色，只见到一个瘦削的年轻女子坐在电脑前埋头看稿件，她蓄短发，衣着朴素。时常穿白衬衫。抬头与人说话的时候，姿态亲和。只是那一双漆黑的大眼睛与唇角的倔强，让人忍不住想要探究她平静面容背后藏着什么故事。

"原来商编辑这么年轻美丽。"

"不漂亮怎么行，这年头卖相可是很重要的呢，看脸的时代嘛。"

"不，不是这样，我看过她的稿子，观点鲜明，但是绝不偏颇，叫人耳目一新。"

"那你看过她的版面没有？枯燥的要闻，也被她处理得有条不紊，尤其是标题，很吸引人。"

"但是又不流俗。"

"可不是。原本我以为，写标题的唯一秘诀就是不能超过十三个字，以及要用黑体……"

"所以，你是你，她是她！"

商影年依旧忙着编辑稿件，自然听不到这样的议论。

要是听见，她是该觉得庆幸，抑或觉得惶惑?

因为编辑部多了新员工，需要调整布置，多添几张办公桌。正巧赶上午休时间，人手不够，商影年从自己桌前站起身来，撸起袖子去帮忙。最难搬的是一个玻璃门书柜，又高又沉。走在前面的搬运工人打了个趔趄，眼见那柜子就要往地面倒来，商影年快步上前去扶，柜子是撑住了，一片玻璃门却掉落下来，正好划过她的小腿。只觉一道轻微的疼痛，白色裤管瞬间染上一片鲜红。四周骤起惊呼之声，商影年却只是不敢松手，死死咬牙撑着柜子。

“扶住柜子，快！”有人沉声命令道。

愣在一边的几个同事这才冲上来分担商影年手上的重量，还没等商影年出声，已有人过来一把将她抱起，将她放到最近的椅子上，然后俯身过来检查伤势。裤管已经被划破，再加上淋漓的血迹，景象颇为可怕。那人抬起头来，是尹年。

这已不是第一次，他的呼吸离她这样近，却是她第一次见到他的脸色这样可怕。商影年扶着他肩膀，一句话也说不出来。当他的手指在检查伤口时不小心触碰到她，商影年不禁深吸一口冷气。他这才像突然醒悟过来似的，将她受伤的腿平放在自己膝上，然后快速地解下颈间领带，缚在商影年小腿上止血。

这时有保安拎着医药箱拨开人群赶过来，但是尹年没有丝毫避让的意思。那个保安只好蹲下来检查尹年膝上的那只伤腿，随即用剪刀将商影年那只鲜血淋漓的裤管仔细裁开，一道血肉模糊的伤口露出来。商影年没有留意腿上的痛，只看到尹年那对又聚集起来的眉峰。

“商编辑，要不要紧？都是我不好……”说话的，是那位打趔趄的工人，又不敢太靠近，所以隔着一步远，着急地连声问。

“没有什么要紧。”商影年将视线从尹年身上移开，语气镇定，咬着牙回答道。

“怎样？”尹年丝毫不理会身边的喧闹，言简意赅地问。

“怕是伤到动脉了，流血已经暂时控制住。应该马上送医院！”保安还算镇定。

“有人叫救护车了没？”人群中有编辑扭头大声问。人群中又一阵喧哗，有人说：“已经去打电话了。”

商影年刚想出声叫他不必这样小题大做，尹年却已经对保安道：“通知司机小陈。”说完将她抱起，乘直达电梯往地下停车场去。电梯一节节往下走，商影年觉得自己也在往某个深渊里滑去，她的手紧紧攀住尹年的脖子，将脸栖在他的肩膀上。整个偌大的世界只剩下他的呼吸和心跳。尹年一直没有再开口说话，只是将她在后座上安顿好，然后才对司机说：“小陈，去医院，快。”

商影年苦笑：“怕什么，偏偏来什么。”这下不去医院也不行了。

“觉得怎样？”尹年的声音依旧有些嘶哑。

“痛。”辗转反侧间，只有这一个字。

尹年到此时才发现自己的手在抖，看见伤口的刹那，他感觉自己的心瞬间被握紧揉碎。那么多风雨沧桑、人生历练都消退得一干二净，仿佛从不曾经历过。他依旧手无寸铁，重新成为许多年以前那个白衣青裤的少年，无助地站在灯下，手中捧着的是自己心爱的信鸽，洁白羽翼上满是鲜血。看着她的痛楚，他无计可施。

影年的血染在尹年的白衬衫与长裤上，如玫瑰，暗暗又盛大地开了。街景迅速掠过车窗，恍惚之间，他记起在电梯中与她擦肩而过，还有那晚在报社的年终晚宴上第一次正式见到她的样子。她藏在屋角的暗影里，仿佛满桌的觥筹交错与她并无关联。晶亮的眼睛，粉色的嘴唇。

就这样，在他生命里悄然扎根，缓慢绽放。

-5-

止痛药里有镇静成分，商影年隐约记得自己小睡了片刻，醒来时脚上的伤口已经处理妥当。抬头看一看输液管，只是普通透明营养液，而不是血浆，看来没有大碍，悬着的心这才放下。

这应该是一家私人诊所，休息室布置简洁利落，是温和的米色调，咖啡桌上甚至还摆着新鲜的粉色花朵。尹年不在，想必是回报社去了，算一算也该是下午的例会时间。商影年按铃叫护士，进来的人却是尹年。

“醒了吗，痛不痛？”他俯下身来，轻声问道，语气温柔。

商影年躺在病榻中，无处逃避，只好摇着头，没头没脑地说：“我以为你回去开会了。”

“我出去打了个电话。”

“可是会议……”

“不用担心会议的事。伤口感觉如何？”

“药效可能还没过去，并不觉得痛。”

尹年大大松了口气，伸出手去拂开她额角碎发，目光在她脸颊边流连不去。尹年知道自己不是唐突的人，但此时只有触碰到她才能觉得心安，所以允许自己这片刻放纵。他的体温经由指尖，潺潺注入商影年体内，她的脸颊慢慢染上蔷薇色。

“伤口已经缝合，只是，怕会留下疤痕……”尹年的语气，万分抱歉。

“好在我对短裙并无偏好。”影年不以为意。

护士此时到了，拔出输液管，交代商影年要注意伤口，尽量少吃辛辣刺激食物。商影年连连点头，得知起码一个星期不能洗澡，头皮发麻。

“来，我送你回去。”尹年过来扶起商影年，小心翼翼地将她的重量转移到自己肩膀。

到商影年住处，尹年照顾她安稳躺下，又倒了杯水过来放在床头才走。例会时间还有不到半个小时，再不放心也只得起身告辞，临走时说：“房门钥匙我拿走。”

“为什么？”商影年不解。

“一会儿给你送晚饭来。”

“我可以叫外卖。”

“外卖比我做的菜好吃？”尹年扬一扬眉，虽是疑问句，语气却很笃定。

“啊！”商影年眼睛发光，“你做饭？”

“你以为呢？”尹年拿起钥匙离开，临走还不忘记再次嘱咐她好好休息。

上车看一看时间，已经来不及回住处换衬衫。车停在车库，尹年从后备厢中找出一件黑色西装外套穿上。会议上他语气镇定，神态放松，商影年留在他衬衫上的血迹汲着他的体温渐渐干涸。但是只有他自己知道，拿文件的手依旧在微微颤抖，于是不动声色地将手藏在身侧。

会议快结束的时候口袋内的手机振动，屏幕上显示：一条新简讯，来自商影年。读着内容，尹年情不自禁弯了嘴角，简讯这么写道：“本日病患推荐：清蒸鲈鱼一条，上汤芦笋一份，9 寸草莓蛋糕一个。”

小睡片刻，商影年醒来看看时间，离会议结束还有些时候。挣扎着起身，略略洗漱一番后坐到客厅沙发上等。麻醉药效过去，伤口渐觉疼痛，赶紧服下护士给的止痛药。不知过多少时候，药效又在体内起了作用，商影年在沙发上盹着了，再次醒来时发现窗外天色已经黑透，而身上多了一条毛毯，空气里飘满食物香味。

大概是病痛叫人意志软弱，泪水不知不觉间漫上长睫。尹年自厨房出来，看见商影年的泪水慌了手脚，屈膝到她面前急切地问：“怎么哭了？是伤口痛吗？哪里不舒服，告诉我，影年……”

商影年说不出话来，只是摇头。静静注视着他漆黑的眼眸，过半晌终于伸出手去，触碰他绵延的长眉，指尖沿着硬朗的眉峰一点一点滑进他的鬓角。尹年全身震动，却并没有避让。他离得这样近，她能闻见他新换的衬衫上科隆水的味道，还有一点点饭菜的香气。

“是不是我提什么要求，你都会答应？”终于，商影年这样问。

“是。”尹年伸手，小心翼翼擦掉她腮边的泪水。

“那我，能否要一个拥抱？”谁要那些遥远的星星月亮，谁又要那些无用的钻石华衣？

尹年目光灼灼，静默良久，终于长长叹一口气，倾身将商影年拥入怀中。

“就让我们拥抱，轻轻摇一摇，忘掉烦恼，把你的悲伤变成我的，把我的快乐变成你的……”商影年声线哽咽，泪水渗进他的衬衫。

“你知道这首歌吗？”她问。尹年没有说话，只是点头。

“你不要放手好不好？”她又问。尹年依旧没有说话，用力点头。

商影年仿佛得到世间最好的礼物，破涕为笑。但此刻心内深觉感激的，却不只她一人。尹年将自己的脸藏在暗中，双目酸涩。直到此刻将她拥在怀中，真切感觉到她的体温，那种莫名的恐惧才从四肢百骸中散去。有一种轻柔而温暖的力量，静静注入他的体内，充盈他的心。

“这样太危险。”尹年紧紧拥住她，轻声说道，“如果不是知道你腿有伤，我绝不敢允许自己这么造次。”

商影年叹息，将头枕在他胸口。太想拥有的，反而不敢接近。两人在昏暗的客厅紧紧拥抱，谁都舍不得放手。

“嗯？我闻到奇怪的味道，好像是厨房里传来的。你有没有闻到？”终于，商影年吸一吸鼻子问，手臂依旧环着他的肩膀。

尹年一呆，小心松开商影年，然后起身打开落地灯，确定她的伤口没有问题才回厨房去。离开时姿态尚算镇定，但回来的时候却苦着一张脸。

还未等他开口，商影年已经笑问：“可是一锅黄粱熟了？”大梦方醒，却知适才种种不过浮梦一场。小学那年学到这则成语，商影年曾讶异世间竟有这样虚无凄凉的事，故此印象深刻，从来不曾忘怀。但此刻的她丝毫不担心，因为有尹年坚定的拥抱，让她确定这一切不是梦。

“如果今天的菜单上少一道上汤芦笋，你可愿意放过厨师？”

“甜点够好的话，就没有问题。”

尹年做一个夸张的抹汗姿势：“这下得救了。”

临走之前，尹年将几种药的作用与服用时间一一细细说明，又再提问一遍以确定她清楚记住。

“伤兵果然不是这么容易当的。”商影年苦着脸，“我明天就上班去。”

尹年沉默，过半晌才轻轻说：“这是我第一次照顾人，想不到做得这么糟糕，对不起。”

商影年看着他深邃眼眸，觉得鼻酸：“这也是我第一次这样被人照顾，做得也很糟糕，对不起。”

听了她这话，尹年抬起头来笑了：“这么说来，彼此，彼此。”

商影年扬起唇角：“承让，承让。”

三天后去医院复诊，伤口愈合情况良好。在医务室换药，商影年扶着尹年的臂膀突然大笑起来。

“不怕痛？这样还知道笑。”尹年看着她苍白脸色与唇边那抹灿烂全无掩饰的微笑，一时之间竟想不起来心头流过的柔软与温暖感觉是什么，只好把关切的话说得随意。

“你没听见吧？”商影年抬头，拉一拉尹年的衣角，尹年俯身到她唇边。

“那个女孩感冒了，脸上又长小疙瘩，很紧张的样子，可是医生却很镇定地问：‘你是先看感冒还是先看疙瘩呢？’还有那边的大叔，絮絮叨叨抓住医生说，自己的身体本来没事情的，但是开了夜车，其实开夜车也没什么关系，可又吃了香菇，吃了香菇吧，本来也没什么，可是又……”说到这里，尹年早已经一起大笑起来。

一旁换药的护士目光中露出羡慕的神色来，这一对，多么难得：她使他笑，而他懂得她的喜乐，并愿意护佑她的这份纯粹。看着他们，觉得这消毒药水味四溢的诊疗室倒也变得浪漫起来。

商影年休病假的这几天，尹年把她的住处当成了临时办公室。中午过来做午饭，然后坐在沙发上埋头看文件。下午开完会，又过来做晚饭。一直看她吃完药上床，才离开。

这天，商影年在沙发另一头坐定，看他翻着厚厚一沓文件，鼻梁上架一副眼镜，神态专注，不禁问：“这么忙？”

“得力助手告假，简直焦头烂额。”尹年揉一揉后颈，头也不抬。

“你说的这位助手好像已经被你养出了一身脂肪。”

“正好，等她恢复健康重回岗位，一定分外卖力。到时我连本带利赚回来。”尹年笑。

“我还没有见过你戴眼镜。”

“我的视力开始变坏了，老了。”

“我也从没有见过你真正动怒。”商影年继续打岔。

“怎么会？敲钉子敲到手，一定会生自己的气。”尹年的目光依旧停留在文件上。

两人就这样随意地说话，时光倏忽之间不知流到哪里去。也有不看文件的时候，两人在沙发上听音乐。

“你听，这 Perlman[1] 演奏的 Brahms Violin Sonata[2] 像不像是患了‘明媚症’？蜂蜜一样又甜又润。”商影年将头枕在沙发扶手上，静静笑弯了嘴角。

“或许深沉如 Brahms，也有他欣喜不自胜的时候。”

是因为克拉拉的笑容吗，还是因为窗外的湖光映入了他的眼眸？尹年知道，自己此刻的欢喜，不过是因为身边这个倔强而聪慧的女生。

一个星期之后，商影年已经可以走路。医生吩咐病患适当增加运动量，以促进血液流通。晚饭后尹年陪商影年下楼散步，签版的时间快到了，他只有半个小时的时间，却并不见他急着离开。

门外是江南的五月。日落后的蓝色光线，比知更鸟蓝要灰一点，有烟水晶的通透与青花瓷的婉转。公园里，一对对白发苍苍的老夫妇在树影下跳华尔兹，舞步透着旁人无法企及的默契。收音机里正在播放一首缠绵的老歌，仿佛他们已经这样携手跳过了天荒地老，商影年情不自禁驻足凝望。

“这位美丽的小姐，我可以请你跳一支舞吗？”尹年退后一步，伸出手来。

商影年将手放进他的掌心。尹年为着照顾她的伤口，将她紧紧拥进怀中，放慢舞步。乐声悠扬缠绵，两人就在人群外的僻静处，踩着节奏缓缓

1 | 帕尔曼，以色列著名小提琴家。

2 | 勃拉姆斯小提琴奏鸣曲。

起舞。商影年将脸颊栖在他肩头，忙碌了一天，尹年衬衫上依旧留着淡淡科隆水味道。

“这，是我们的第一支舞。”尹年的唇印在她的发间，语气感慨。

“到我老了，齿摇发疏，都会深深铭记。”商影年闭上眼睛，这样回答。

Chapter 6 如果没有你

时间到了，要相逢还是离散，
唯听天命而已。

Chapter 6

-1-

再次换药的时候重新检查过伤口，已经痊愈，商影年第一时间要求回去上班，尹年问过医生，得到确定回答后才同意。

大概是数天没有上班，心底竟十分期待，天刚亮就醒了。空气里是黎明时分的粉色光线，商影年刚觉得口渴，就发现床头有杯凉水，伸手取过喝一口，水里放了桂花蜂蜜。是尹年临走时候留下的，怕她半夜醒来要摸黑去厨房。

曾经只知道他内心转折，尽管心下吸引，但姿态依旧克制保留。或许他并不是欲言又止的人，却因为总置身聚光灯下，所以不得不保留着上司的威仪。

要到这个时候，才渐渐知道他真正喜好：爱穿白衬衫；酒量很好却不爱喝；不喜欢香烟味道，所以总是忍受着编委会那些老烟枪；固执地认为袜子的颜色必须比皮鞋深；时常微笑，难得叹息……

也是到这个时候，才知道他冷峻外表下藏着多少温柔角落；知道他会从工作中抬起头来，为她做一顿丰盛晚饭，看着她吃完，再将剩下的饭菜悉数解决；知道再累再忙，他会在她身后，他总说："影年，不要急，慢慢来。"

曾经，商影年只记得大口咽下冰激凌时那短暂的窒息感觉；也记得一个个陌生国度的日落，璀璨背后那不变的寂寞底色。在自我放逐的路上走了太远，以为内心不再有渴望，但其实并不是这样。他出现在她的生命里，于是，她重新抬起头来，轻轻握住命运的手，将深埋的心重又放在身外，去走另一段悲辛交集的路。

天色无声无息间亮起来了。商影年起身洗漱完毕，又换上略为正式的衬衫长裤，看一眼镜中的自己，气色良好。也是，这几天总是有营养餐伺候，不胖都已经很难。

这时门铃响，这个时候会是谁？慢慢走过去开了门，竟是陆巧鸣。

"这几天没见到你做的版面，一问才知道你休病假。又从傅政勋那里知道了你现在的地址。"

商影年听她这样说，不禁觉得愧疚，自己不过走错一步，她们之间已经这样周折。

"不要多想，我有你电话号码。只是想给你个惊喜。"陆巧鸣进屋，打开手里的保温杯，"来，尝尝我做的鸡汤。"

正说着，傅政勋电话来了："巧鸣找你。你这几天没上班，可是有什么事？"

"没什么事，我休假。"

"好。另外，陈叔问你什么时候有空回去吃饭。"

"知道了，再见。"商影年挂了电话，陆巧鸣已经反客为主，从厨房拿了碗筷出来。

"影年，你的厨艺见长，冰箱里那几道菜，看得我觉肚子饿。"

"不是我做的。"

陆巧鸣笑，却不再说什么。

"你呢，钱太太，婚姻生活可如意？"

陆巧鸣笑："在街上有人这么喊我，铁定不回头。"

"渐渐就习惯了。"

"影年，现在我这才明白你为什么一直没和我说你的身世。"

"千头万绪，从何说起。到后来，通通化为一句：不足为外人道也。"商影年从她手中接过鸡汤。

"正是。夫妻相处，婆媳关系……"陆巧鸣支着头，仿佛累到抬不起头来。

"可回归家庭、相夫教子，不是职业女性的终极梦想？"

"那不过是望梅止渴，用来克服眼前困难的借口。"

商影年拍拍陆巧鸣的手，低头喝一口鸡汤，鲜甜醇厚，不禁眯了眼睛赞道："哇，你的厨艺才真正进步神速！莫非家庭生活真比办公室生涯更有学问？"

“谁说不是。工作呢，真刀真枪，做了多少贡献通通量化给老板看，最起码能换到一句赞赏。可是和丈夫婆婆呢，你又不能和他们直截了当谈价钱——得谈感情。感情的事，何止是一笔烂账，简直是孽债。”

“有这么严重？”商影年愕然。

“他母亲要我在家做全职太太，老太太如今什么都不关心，专等着抱孙子。”听到这里，商影年终于藏不住情绪，露出惊讶与失望的神色，随即又觉这样对陆巧鸣失礼，连忙道歉。

“道什么歉，你以为我甘心在家沦为无知妇女？”陆巧鸣伸手捏她脸颊，“你看你，都是头版编辑了还像单细胞动物，七情上脸。”

“是，我不敢说谎。原来不过一次隐瞒，就被你打入地狱。”

“你也不用这样得理不饶人。”陆巧鸣弹一弹商影年面前的汤碗道，“如今已经喝了我的鸡汤，那要不要干脆和好？”

“我都已经给你开门，你说呢？”商影年护住碗，将鸡汤喝得涓滴不剩。抹一抹嘴，又问：“那你准备怎么做？”

“好不容易做到经理级别，我怎么会轻易放手？自然是继续上班。”陆巧鸣又帮商影年盛一碗汤，“老太太那边，由他去搞定。夫妻本来就应该互相扶持嘛。”

“有道理，高明。”商影年附和，恨不能鼓掌表示赞同。

过半晌，陆巧鸣才低声说：“那些费尽心血求来的东西，到手后觉得有苦味，颇为无趣；而那些不劳而获的呢，像是勉强塞到手里的累赘，恨不得即刻摆脱，更谈不上什么珍惜。人性真没一点章法，是不是？”

她仿佛在自言自语，但商影年听明白了，她这样回答：“是，我们都将蹉跎毕生幸福来实践这句话。”

“不说这样高深的话题。商大编辑，工作是一片风光，感情生活如何？”

“哈，这个嘛，仁者见仁。”商影年挠头。

“我可是很关心你的感情生活。凡结了婚的人，都喜爱做媒人。因为家庭生活烦琐无趣，一定要多拉几个人下水，心理才平衡。”

“你这样说，谁还敢往火坑里跳？”

“你和那个尹年，究竟如何？我可是听了不少闲言。上次听说有人在办公室大声喊‘影年’，答应的却是尹总大人。”

商影年的脸涨得通红：“听错了，影是后鼻音。”

“你知道在南方，人们不分什么前鼻音和后鼻音的嘛。”

商影年窘迫不已，不知如何应对。这时却听见门匙响，推门进来的正是尹年，只听他说：“影年，准备好回去继续征战了否？”话音未落已见到屋内有客人，也没有避让，依旧是磊落姿态上前招呼：“陆经理，好久不见了。”

陆巧鸣朝商影年眨一眨眼，立即起身：“尹总，好久不见。”

尹年对商影年道：“你们聊，我去楼下等。”说完朝陆巧鸣颔首示意，转身离去。

陆巧鸣又坐一会儿才起身告辞：“沾你的光，才敢叫尹总久等。”然后她伸手拥抱商影年，那瞬间仿佛所有芥蒂都化去。陆巧鸣还是当初那个干脆利落的女强人，对手足无措的商影年说：“要不要和我住？”

商影年在街角小公园找到尹年，他正在和一位老先生下棋。商影年的目光近乎贪婪地落在尹年身上，他穿白衬衫与灰色羊毛开衫，神色专注，眉头微微锁着。商影年走过去在他身边坐下，他头也不抬就抓过她的手去紧紧握住。

商影年轻声说：“喂，看清楚了没有。”

“来不及啦，落子无悔嘛。”老先生笑。

尹年扬一扬嘴角：“可不是，将军！”

“年轻人，你暗度陈仓啊。”老先生连连摇头，不情愿地认输。

接过老先生下次再战的战书，尹年与商影年才告辞。尹年开着车，半路突然问道：“私下里，是否该改口叫钱太太了？”

商影年知道他是说陆巧鸣，笑：“只怕她不答你。”过一会儿商影年才说：“巧鸣曾和我提过，上次的广告版面，你帮了她大忙。”

“哪里的事，”尹年不动声色，“多年合作的老客户，广告部那边多少有些人情，不值一提。”

“现在她的工作可顺利？”

“业绩不错，应该又升了职。如今我已见不到她本尊，只能见到她助手。”

“你也不是有诸多助手？”

“可不是，于是大家就这样云里雾里。说是老友吧，其实一年也见不上一面。”

离报社还有一个路口，商影年连忙说：“我在这里下车就好。”

尹年依言停车，却并不愿意这样轻易放过她，手指轻轻叩着方向盘，闲闲地说：“如果在等电梯的时候又遇见，你可不能怪我。你知道，世间有样难以解释的东西呢，叫作缘分。”

商影年笑："可不是。尹总，这时候你就该知道有句成语，叫瓜前李下。"说完关上车门，向报社方向步行而去。

到报社，同事纷纷过来问候，商影年不停反复说："已经好了，没有伤疤，谢谢……"大家喧嚷一会儿，又陆续回去工作。总务办公室送来大捧的花，叫商影年感到受宠若惊，举着那一大捧各色花朵为难了好一阵，最后决定将花束打开，分给几位女编辑，养在桌上各自的瓶内，大家皆大欢喜。

有人说："小商回来，办公室立即鸟语花香，大气压都变轻松。"

话刚说完，立即有人过来抓他语病："花香是都闻到了，这鸟语呢，可是你说的？"

"切！咬文嚼字，做标题倒不见你这么上心！"办公室又是一片哄笑。

商影年打开电脑，神清气爽开始看稿件。此时手机上出现一条简讯，尹年这样写道："你真是一剂良药，我在办公室都能听见编辑部的笑声，恨不能过来凑热闹。"

商影年想回一条："良药苦口。"半路又觉过于亲昵，于是放下手机专心工作，一双耳朵却不听心志指挥，涨得通红。

依旧是下午三点开始的编前会议，如今身为头版编辑的商影年已经不能再坐在会议室的角落，而是在会议桌前有了自己固定的位置。

最近报社热线接到不少关于市政动迁的投诉，有的编辑认为该做追踪报道，做揭露性的负面新闻。立即就有人表示，这样做过于冒险，或许满足读者需求，但于市政建设大局不利。尹年听完，并没有立即回答。他看向商影年，问道："影年，你觉得呢？"

商影年想一想，答："我以为，媒体的责任是描述事实，公布真相，但也不应该越俎代庖，代为做出决定、解决问题。这些问题难道不应该在第一时间向相关部门寻求解决？或许我们的当务之急是在相关领导与市民之间建立起沟通的桥梁。在社会版组织一个论坛如何？"

尹年听完，向在座的社会版编辑与社会新闻部的王主任问道："你们意下如何？"

社会版编辑点头："这样处理最妥当，且具备话题性。我们全力配合。"

王主任的语气却很是委屈："尹总，我有意见，你要是能把小商这一得力干将还给我，就更好了。"众人听完，哄笑。

尹年拍拍王主任的肩膀，语气慷慨地说道："老王，我会考虑，但有总编办在背后盯着，态度实在不能像你期望的那么慎重。"会议室内又爆发出笑声，这次得意的是总编办。

尹年也笑了，宣布道："好，那就这样，散会吧。"

在编辑室、版房与各主任办公室之间周旋，终于只剩下最后一个版，商影年到尹年办公室签字。他逐个标题仔细看过，随后在商影年的签字下面签上自己的名字。将版面递还给她的时候问："可否晚些下班？"

商影年也来不及细问，点头答应后立即将签样送到版房。回到自己座位上时，同事们早已经下班离开了，整间偌大的办公室只她那一角还亮着灯，如汪洋里的孤岛。桌上的电话响："是我，尹年，能过来一下吗？"

尹年也还没有下班，他看看表，说："我的生日还剩下十分钟。"

他从书柜角落拿出香槟来，再起身关上灯。落地窗外是这个城市的不夜天，商影年静静坐着，看香槟在那两只临时找来的玻璃杯子中折射出细小而晶莹的光芒。

“生日快乐。”

“谢谢。”

“我没有准备礼物。”

“你不知道吗，你每天都有给我礼物。”金色的香槟来不及冰镇，但依旧醉人。没有蜡烛，没有蛋糕，只有商影年坐在暗中陪伴他。她就如同亮在他生命里的一簇小小火焰。

“快，还来得及许个愿望。”商影年提醒他。

尹年仿佛早就已经想好，是以流利地说：“我的生日愿望是，时光可以倒流十年。”

呵，时光倒流。这或许是最贪婪也最悲凉的愿望。

“你也有不能弥补的遗憾吗？”商影年疑惑地问。

尹年摇头：“我们不过血肉之躯，谁又会没有遗憾呢？只是一切都有相应代价。如果重来一次，我依旧做一样的选择。”

“那你……是要回去见谁？”商影年轻轻转着桌上的玻璃杯，细想一下，抬起头问。

尹年深深地看牢她，终于笑道：“不知那时候的你是否已经成年？”

商影年怔住，看着他漆黑的眼睛。

尹年饮一口香槟，长长叹一声：“那也没有关系，能看着你成长，一定是人生中最快乐的事。”这十年或许是他人生中最繁忙操劳的岁月，在权力、良知与社会责任之间辗转，多少不眠之夜，让他早已经熟悉许多城市每个季节的日出日落是在几时几分。但他想要去找到那时的她，穿越时间去抚平她眉宇间的哀愁与倔强，其间的辛苦于是算不上什么。

商影年良久才找回自己的声音，慢慢地说：“那时的我，已经十七岁，再过半年，律师将送来母亲的追加遗嘱，她留下一份基金给十八岁的我。那真是最惨淡的少年时光，每天都觉挣扎。如今回想起依旧头皮发麻，内心苦涩。”但或许有他在，一切都会不大一样。

“原来并不是所有人都喜欢时间旅行。”尹年又斟一杯香槟，“敬去不复返的时光。”

“你有假期吗？”商影年问，“你好像从不休息。”

“只有魔鬼才永不休息。”尹年笑，“我当然有假期，这几年没休的假日有一百多天吧。”

“这么多？”

“还没算上调休。”

“等有空闲，我们去旅行好不好？”

“好，想去哪里？”

“去里昂，那里有座白色的教堂。”

“建在山顶上的圣母教堂，为什么想去那里？”尹年不解。

“我曾在那里许过愿。”

“现在这愿望实现了吗？”

商影年喝完杯中的香槟，笑而不答。

办公室的钟在此时走到了午夜十二时，悠长的报时声穿越黑暗，激起绵延的回响。

“啊，灰姑娘的南瓜车已经失去了魔法，你回不去了。”尹年笑，“不过没关系，来，让大灰狼送你回家。”

电梯叮一声停在底层，商影年口袋中的手机也在这个时候响了起来，是傅政勋。

“我在你报社楼下，你在哪里？我们现在要立即回去一趟。”他的声音算得上平静。

商影年仿佛知道了什么，并没有提问，也没有拒绝，只说声“我知道了”就收了线，转身就走。

“什么事？”尹年看着她突然绷紧的下巴，担心地问。

“我要回去一趟，对不起，又要耽误工作。”

尹年将她的手紧紧握在手中，他似乎知道，这一次并不是去去就回来。他的掌心这样温暖，让她舍不得放手。

十二点到了，灰姑娘的魔法失去效力。

司机开着车在无人的街道上飞驰，傅政勋坐在副驾驶座上，不再说话。商影年也没有发问，只是靠着坐垫闭上了眼睛。

那杯香槟在体内发酵，迷蒙间她梦见父亲，比上一次见足足年轻了数十岁。一身深色的西装，俊朗挺拔。他与她隔着几步远的距离站定，笑着朝她伸出手来。

商影年看清满地都是尖锐的碎玻璃，但她不管不顾踏上去，握住他的手。

“爸爸，你去了哪里？”

“我一直都在这里。是你走了很远很远，记得吗？”

“爸爸……”

“小影，我来和你告别。”

“对不起。”

“分别的时候，应该说再见。”

“对不起，爸爸……”

商影年在此时醒转，口唇发苦，背上爬满冷汗。她揉着面颊回想刚才那个梦，心脏骤然收缩。

“政勋，情况究竟怎么样，告诉我实话！”

“我也不清楚，陈叔要我立即带你回去。”傅政勋没有回头，直视面前的夜色，语调僵硬。商影年拿出电话来拨商仲恒的号码，关机。再拨陈叔的，忙音。她又用颤抖的手指不断重拨商仲恒的号码。

“影年，你镇定一点！”傅政勋出声制止她。

窗外的雾气越来越浓。到高速公路口，司机看着前面的车阵，焦急地说：“哎呀，傅总，高速公路封闭了，怎么办？”

“可有别的路？”

“走公路起码多耽误一个半小时。”

正束手无策的时候，闪着灯的警车开了过来，从车上走下来一位路警。傅政勋下车与他说话，很快又重新回到车内。

“怎么样，傅总？”司机紧张地问。

“前面十五公里处，雾气已经散了，他建议我们绕到下一个路口上高速。”

红蓝色交替的警灯，隔着浓浓的雾气看，仿佛鬼魅。商影年觉得自己坐在幽灵船上，正缓慢滑向深不见底的海。

好冷。

请你，等一等我。

我还有那么多错，需要弥补。

所以请你，务必，再等一等我。

-2-

车直接停在医院入口。

还是那家医院，到处是苍白的明亮灯光。商影年心里知道，这一次看不到父亲商仲恒躺在高级病房内穿着自己的丝绸睡衣大声说话了。

只有陈叔脸色苍白地站在手术室外。

商仲恒今天的日程表上有三个会议，最后一个会开到一半时就觉得头痛，他没有中止会议，而是让秘书给他拿来了止痛片。会议结束签字时商仲恒的钢笔掉在地上，秘书连忙上前去捡，但钢笔已经摔到笔尖，漏了一手墨水。商仲恒顺手拿过秘书手中的圆珠笔签了字，又寒暄几句，目送董事会成员一一离席。等所有人都离开后他才缓缓站起身来，却只走一步就倒下了。送去医院时仍穿着齐整的西装，从入院到签发病危通知单间隔只有半小时。

“陈叔，你帮我约个时间，我要见他。”商影年神色凄厉，陈叔看她如此，不禁老泪纵横。这时是傅政勋过来拉住了她。

“政勋，傅政勋，你敢拦我！这一次我绝不饶你，我说到做到！”商影年的情绪终于崩溃。值班护士听见喧哗通知医生，医生过来征得陈叔同意后给商影年注射镇静剂，刺痛让她皱一皱眉，但是手里的力道丝毫没有减轻，在傅政勋腕上留下血痕。镇静剂迅速起效，她挣扎着倒在他怀中。

不知过了多久，商影年从苍白虚无的梦境中醒了过来。仿佛是有谁在她耳边说了什么，将她唤醒。在梦中，灰色的急雨渐渐变白转成纷扬的雪。而梦外，已经是初夏。商影年认出这是上次住的那家酒店，她起身拧开水喉抹一把脸，推门出去，门口坐着傅政勋，他双眼布满血丝。

“手术已经结束了，我们现在去医院守着。”

商影年沉默地跟着他走。

在电梯里，傅政勋突然说：“时间不多了。”

商仲恒曾说，一切都是时间的问题。

现在，时间不多了。无可转圜。

商影年依旧没有说话。她原本就应该知道。

“我曾答应过他，一定把你带回他身边……我没有做到。”

“不，政勋，你已经把我带回来了。”商影年努力想要微笑一下，却没有成功。

在重症监护病房，商影年守在父亲身边，时间一点一滴流逝，她的心也一点一点往下沉。她静静地看着监视仪器上那微弱跳动的光点终于停息，画一条平缓刺目的直线，仿佛一个困倦已极的人，长长叹息一声，停下了脚步。

医生与护士纷纷拥进来。

商仲恒再没有醒。

商影年茫然地想，距离上次吃饭，不过半年时间。那时候他们隔着一张桌子说话，有商有量。

商仲恒动过手术，面目改变很多。商影年趋身向前握住他露在被单外的手，然后慢慢放到被单下，那手上犹有余温。

她俯在他耳边轻轻问："爸爸，那我们什么时候再见？"

商仲恒闭着眼睛，没有回答。

他的健康只有他最清楚。如此家大业大，也曾经独断专制，但在最后的时刻，他却没有借机束缚于她，小心维持着这多年以来的距离。是她错，是她这么多年来的作为，终于让他心灰。商影年自责，到如今才知道心如刀割的悔恨滋味。她全身都是泪意，但是漆黑的眼睛内没有泪水。紧紧蜷起身子，仿佛内心有一个巨大的空洞让她痛到无法直起身来。

"不过是因为他对你放心，知道不必盯住你，困牢你的意志。"陈叔站在她身后，这个老好人，到如今依旧挂念着要安慰她。

"陈叔，我出去走一走。这里先交给你。"商影年站起身来，他们两人这一路扶持着走过将近三十年的风雨与风光，到如今，应该好好道别。

早晨的医院，灯光一如既往地苍白，来去的人群，没有声音，像一场盛大的梦境。医院大厅的中央有一只巨大的水族箱，无数的热带鱼在其中悠游。气泡汩汩地往上飘移，依旧没有声音。

商影年的手贴着水族箱冰凉的玻璃，不断地问自己：究竟为着什么，要在医院里放这么一只水族箱？为了让来问诊的人们有一个乐观的情绪吗？为了调节这苍白的光线，为了吸引孩子的注意吗？还是为了告诉大家，还存在着另一个世界，那里，也有生命，以另一种形式存在？当深夜所有人都离去的时候，他们会让水族箱中的灯开着吗？在黑暗里，游动的鱼群会否将水色尽染四周，让墙壁与天花板一片波光粼粼，于是这个空旷的空间，终于成为另一个世界？

商影年在玻璃上看见自己苍白的脸，如今才看清，自己这眉眼原来是继承自父亲。其实他早已经在她身上看见自己的影子，那样倔强不知通融，所以他曾希望她五岁、十五岁甚至就算二十五岁都会是那个样子，穿整洁衣裙，扎蝴蝶结，穿白袜，在他的庇护之下，做他商仲恒的女儿。他也一定曾希望她永远是蕾丝花边、苹果面颊，慢慢懂得该如何得体听话，愿意跟在他的身后，就像影子般安静而盲从，但轻易得到平安与喜乐。

你见过拘禁室吗？那柔软的墙壁，洁白的拘束衣。那种柔软而长久的折磨，那种大声呼喊却无法得到回应的挫折绝望。

年幼的她不知道该恨谁，所以决定恨他。然后她倔强地挣脱这一切，穿上铁鞋，独自沿黄砖路越走越远，直到找不到回家的路。但她始终是商仲恒的女儿，所以无论如何，此刻她能做的，只是先学会忍住，不要哭。

商影年吸一口气，握紧双手，回到病房内轻轻说道："陈叔，我们送他走。"

车停在无人的十字路口等红灯，半空中悬着巨大的信号灯，那个刺目的红色数字，仿佛在为这个世界上所有的人倒数。

商影年膝头是父亲的骨灰，他默默无言地陪她一同等这个漫长的红灯。在这个世界上，死去的人才最有耐心，因为没有别的地方要去，所有的路都已经走完。

身旁的傅政勋出声打断她的沉思："仪式结束后，我先送你回家休息。”

“我还是住酒店。”商影年摇头。没有家人在了，家也就不在了。到哪里都是流离。

下车的时候，商影年伸手拥抱傅政勋，她轻声说：“这几年，谢谢你，政勋。还有，对不起。”他已经两天两夜没有休息，满脸困倦，双日通红。商影年也同样疲惫苍白，两人像一对千疮百孔的伤兵。

这个哀伤柔软的拥抱，让傅政勋双目刺痛。只有他明了心底那种漫溢的酸涩。

从此，她真正当他是个好朋友。再无芥蒂，也不再纠结。

傅政勋仰起头，听见远处的鸟鸣。在这个初夏的寂静清晨，他们都选择让过去种种自此过去。他曾经对自己发誓，对她的爱不离不弃，至死方休。但这份感情隔着太多的事，终于渐渐冷却，只留下微温的惆怅。

“下午我再过来，律师会在办公室等我们。有几份重要的文件需要宣布。”到这时候，傅政勋也开始讨厌自己的冷静。

“嗯，我明白。”商影年颔首。

商仲恒的办公桌已经整理过，桌上放着一串钥匙、一块白金表与一个白色长信封。商影年拿过白色的信封，上面写着“给女儿”。打开来，里面装着商仲恒手写的信：

小影：

不知道你什么时候读到这封信，我真希望可以亲手将它交给你。

其实我早就明白，感情一如命运，经不得刻意安排。但我依然忍不住，想要给你最好的照顾。不能给你完整家庭与欢笑，至少也要护你周全，让你衣食无忧。你是否明白，这即便不高明，但依旧固执的父母心？

你读到这封信，我已经不在了。写这封信是想告诉你，你是我的女儿，在我面前，你可以永远任性，你也永远有选择的权利。我们给了你生命，但人生是属于你的。无论你如何决定，我与你妈妈都只有一个希望：能将那些错过的快乐都补偿给你。

爸爸做错了很多，我希望你能原谅爸爸。

祝好。

信中还附有一纸素笺，上面用蝇头小楷写着：“急景流年，繁花无双。”是当年她出生时，先生批的命格。尚在襁褓中的商影年并不知道，当时商仲恒看了这纸素笺，说道：“无双岂不寂寞。”于是在“景”字边上添了三笔，为女儿取名“影年”。他一直怕她孤单，却没料想到，这世上有些事是长在血脉中的，一早注定。

商影年读完父亲的信，静默片刻，取过父亲的手表戴上。沉沉的一点重量，却仿佛继承过他的喜乐哀伤，以及全部命运。

陈叔敲一敲开着的门，说：“小影，律师到了。”

律师清一清喉咙开始宣读遗嘱。商影年根本听不到律师在说什么，她环顾这间办公室，它曾属于战无不胜的商仲恒。如今他不在了，常年闭拢的落地窗帘已经拉开，刺目的阳光投射在他们这些闯入者的身上。

让我告诉你，失去一个人，不是夜空中有一颗星星坠落了。而是所有一切都粉碎了，像是关上世界上所有的灯，只留下深不见底的黑暗。

我想起他曾说，一切都是时间的问题。现在我才明白他的心情。

如果他曾做错，那么，我错得更多。

陈叔在她身侧提醒："小影，你需做出决定。"商影年回过神来，却没有立即说话，直到她发现办公室里所有人都在等她的回答。

"可否给我一点时间？"

"当然，商小姐。"律师将文件递来，"这里是复印件，你可以仔细看看。"

商影年找一个角落坐下，开始看那些文件。办公室内鸦雀无声，只有隐约的呼吸声。终于，商影年明白了，商仲恒在最后给了她最大的选择机会，只是却发现哪一个都不是她真心想要的。如果可以选择，她希望他能回来，对她发号施令，哪怕是误解对峙。只要他在这个世界上就好，握住线的另一端，让她转身的时候总可以远远地看见一线光。

"我想单独在这里坐一会儿。"商影年看着陈叔与傅政勋，"可否让我一个人在这里坐一会儿？"

陈叔和傅政勋点头，起身带律师离开。

商影年在办公室独自坐了半日，突然发现天不知道在什么时候已经黑透了。这密不透风围拢来的黑暗，叫人惶恐窒息。她站起身来出门去，六月的天，风里竟然有寒意。法国梧桐下，路灯明晃晃，来往车辆的车灯金灿灿流了一街，仿佛走在了琉璃色的世界里，凛冽透亮。却不知，要往哪里去。

商影年握着父亲留下的钥匙，伸手拦下一辆出租车。

走进这间自己儿时的卧室才明白时间真的已经过去了，摆设依旧是从前的样子，只是如今的她如同误闯仙境的爱丽丝，手长脚长，低矮的桌椅与小小单人床都已经尺寸不合。商影年拉开衣柜将自己塞进去，然后拉上门，在黑暗中蜷起身来，滚烫的泪水才无声沿脸颊流下，落入暗中不见踪影。

当我们还是稚弱的孩子，总是藏身于安全的黑暗。但后来我们开始问为什么，开始不再甘愿受保护，开始觉得受到愚弄，开始责怪面前的人为什么要遮住光线。

过了许久，有人过来轻轻打开衣柜。商影年依旧躲在暗中，将头埋在臂膀间。漆黑一片的房间里弥漫着泪水的味道。

“影年……”

听见这声熟悉的呼喊，商影年蓦然抬起头来，黑暗中慢慢看清尹年熟悉的长眉，他的目光中满是无法诉说的怜惜与哀伤。当她独自藏在暗中哭泣，心碎欲裂的，却是另一个人。

再没有别的言语，他只是向她伸出手来。

商影年起身投入他的怀中，在他温暖的唇上，尝到了自己的泪水。

-3-

“你怎么会在这里？”商影年看着他的面容，不敢相信自己的眼睛。上一次这样接近他是什么时候？一个世纪以前吗？

不，其实不过间隔短短四十八个小时而已。

“因为我想见你。”尹年拥抱她，将脸埋在她的肩头。过一会儿，他终于说：“影年，陈先生和傅政勋他们也想见你。你见一见他们，可好？”

下午尹年听见秘书在电话里报出傅政勋的名字时，并没有意外。那个每次来都一身铠甲恨不能舞枪弄棒的傅总如今终于显出他的疲惫，沉默地坐着。

“没有人知道我来。”这是他的第一句话。

“影年的父亲，昨天晚上去世了。”这是他的第二句话。

“放心，我不会阻拦她回去。”尹年默然，良久才这样回答。

“不，你要留下她。”傅政勋抬起头来，几乎是请求。尹年一时不知如何应对。有过数面之缘，但这短短一句，尹年才真正懂了傅政勋。那样高的心气只肯为商影年低头，风云变幻之时记挂的只是商影年的幸福。

这也是傅政勋第一次看见尹年的脸上有惊讶的神色，他扬了扬嘴角，仿佛说：“彼此彼此。”

“他们父女之间的事，我最清楚。但人都不在了，产业抱负又有什么关系？我想看到影年为自己而活。在你身边的影年，才是快乐的。而我，只求片瓦，要是换了当家的，商家不做，再觅他处。”

当年初初回国到处投简历的傅政勋突然接到商氏的电话，意外又惊喜。记得那天人事主管没有带他去会议室面试，而是穿过长长的走廊，轻轻叩开实木雕花大门之后，示意他独自进去。在那间光线暗淡却宽敞得离奇的办公室里，那个眉眼似曾相识的中年男人打量他许久，开口第一句话是：“我是商影年的父亲。”他的自尊心叫他转身就走，但是中年男人的第二句话留下了他："要娶我女儿，你得过我这关。"所以他拿着伦敦帝国理工学院的硕士学位从小小部门经理做起，比起那些无谓的心气，默默的努力才是他选择的爱的方式。

"你可以为她守这么多年，如今我等她几年，也不算什么。"

"你的话她才会听。你劝住她，就不用白白浪费时间。"傅政勋对着比自己年长的尹年，却几乎是过来人的语气，"尹总，说句实在话，我们的头发都要白了，你的还白得比我快些。"

"是，几乎不敢看镜子。"尹年答得有些无奈，"可你几时看到有谁拗得过她？全报社上下学历和新闻没一点关系的就只她一个，却是当仁不让的头版编辑。刚进报社那会儿，在稿库帮她改语法和错别字不知道有多累。但她观点那么新颖，思考方式那么独特，你会觉得再没有人比她更适合她的职位。"

"以后我们朝夕相处，近水楼台，我可是没死心呢，尹总。"傅政勋知道说不动尹年，只得罢手。

"激将法对小时候的影年或许有用，对我可没有啊，傅总。"

"爱情里都是傻子吗？"傅政勋叹息。

"岂止傻，几乎就是瞎的。"尹年笑了。

刚开始写稿那阵，怎么当心也总会在提交稿件之后又发现很多错别字，商影年硬着头皮去版房给校对老师道歉。

"小商，你才来稿子就写得这么干净，该好好表扬！"校对老师见到她就连声夸奖。她听不出有任何反讽，知是真心，不禁疑惑，莫非编辑软件会自动纠错？

“总编权限的系统会自动纠错？”商影年狐疑地问小邵。

“当然不会啊，只是权限不同，编辑软件和我们用的一样。所以要反复看过再提交。”

直到有一天，尹年在洗碗时对她说：“影年，虽然你错别字是越来越少，但你‘的’‘得’‘地’还是要用对啊，我年纪也大了，再改下去会老花得很快，说不定会瞎。”商影年要到那时才知自己最初的稿子是尹年亲手改出来的。

我们都曾努力去争取些什么，守护些什么，但盲目的投入往往换一场徒劳，做得越多，失去得越多。于是月圆月缺、月缺月圆，不是每段过往都有胆量回望。我们学会了故作大方洒脱地说：“那么，祝你幸福。”

我们怎么走到今天的呢？有没有人会心疼我们虚掷的真情？又有没有人在有生之年参透命运翻云覆雨的缘由？

傅政勋和陈叔两人都一身黑衣，坐在客厅里。没有人想要去开灯。

商影年在他们面前隔着一张桌子坐下。尹年朝他们微微颔首致意，然后轻声对商影年说：“我到外面抽支烟，马上回来。”

陈叔仿佛一下子就老了，那个周到优雅的陈大总管如今一身疲惫，没有注意到自己忘记了佩戴白金袖扣，而且袋巾与领带的颜色并不一致。

他努力再三才说：“小影……”喊完她的名字，却是沉默。

最后是商影年开了口：“如果我选择放弃公司股份和职位，会如何？”

“你会很富裕，很清闲，这是一定的。”回答她的是傅政勋。

“多方角力，你父亲的许多计划，很可能自此夭折。”陈叔说。

“而且仲恒基建将不再姓商。”商影年接着他的话尾，一字一句，“这是我父亲毕生心血。”

商影年起身，深深吸一口气，道：“我都明白了。”走到门口，她又回身问：“我还有多少时间？”

“越快越好。董事会要求召开会议。”陈叔双手紧紧握着。呵，到真正的关键时刻了，否则天塌下来他都不会如此紧张。

商影年想一想，说：“什么事，也请容天亮再说，好不好？”说完她拉开门走了出去。尹年的车停在路边，他在后座上就着一点模糊的灯光看文件，商影年快步奔过去，拉开车门在他身侧坐下。她双腿颤抖，全身的力气都已经用光。尹年将文件收好，看着她哀痛的样子，一时无法言语。

商影年轻轻说：“尹年，我记得你是从不抽烟的。你不要扔下我，带我离开这里，带我一起走，我要去一个谁也找不到的地方，好好睡一觉。”说完，她把脸深深埋进他的掌心，闭上眼睛。

尹年叹息着将她拥在怀中，吩咐司机道：“去酒店。”

到了酒店套房，尹年先把商影年安顿好，然后到书房把签字的版面传真回报社，挂上电话进去一看，商影年已经将吧台的两瓶迷你装威士忌喝完，正在试图拆另一瓶君度。尹年快步过去抢下酒瓶：“我记得你不喜欢喝酒。”

商影年眯着眼睛傻笑，眼角却淌下泪来：“是，所以会醉。醉了，多么好。”说完挣扎着要起身继续喝。

尹年只好伸手将她困牢在自己怀中：“影年，你不要这样。你知道现在大家都不好受。”

商影年好像没有听见他的话，她的意识渐渐模糊，但依旧追问：“死亡是不是最好的借口？”尹年看着她哀伤的双眸，不懂得该如何回答她。

“为什么他们都要离开我？为什么，我做错了什么？”她倔强地向尹年要答案。

“你父亲并没有责怪你。人与人之间，应该像朋友一般互相体谅，你说是不是？”尹年想一想才慎重回答她。

“尹年，现在我真的是孤儿了。”她的泪水大颗大颗滑落，“他们没有给我机会，没有给我改正错误的机会。”

尹年吻去她眼角的泪水，深深叹息。他怜惜地将商影年护在胸前，下巴搁在她头顶，“我们只是人，我们都会犯错。我们不能代替他人做决定，无法掌管他人人生，更无法将要走的生命留住。”说的是死生的大命题，但语气轻柔得像是在哄一个稚弱的孩子。最后他说：“睡吧，我在这里。”

我在这里，看着你哭，陪你沉沉睡去。

商影年醒来的时候，睁开眼就看见尹年在自己身侧和衣而眠。白衬衫皱了，依旧是那俊朗的棱角，眉梢有一点担忧藏得不够牢。就在她醒来的瞬间，他也睁开眼睛。

“做了什么美梦？”休息过，商影年的意志力逐渐恢复，语气已经恢复平静。

“是。我梦见，我们已经做了多年寻常夫妻……这真是一个很美的梦。”他抚着她的脸颊，想起梦中细节，不胜唏嘘。

“你是否已经开始嫌弃地板不够干净，衬衫不够整洁？”

“不，我梦见去花店给你买花，记得你最喜欢粉色芍药，但花店里只有白色的，于是我一家接着一家找下去。想起你在家中等，急得额角冒汗。”

商影年藏进他的怀抱呜咽：“不要找了，不要这么辛苦……”

“可是来不及了，影年，我已经走了这么远，不想回头。”

商影年心如刀割，泪水决堤而下，全数揉在尹年的胸口。

“你已经几天没有吃东西，来梳洗一下，我带你下去吃早餐。”尹年轻轻拍着她的后背。说完，起身到浴室放好热水。

在浴室的镜子里，商影年看见自己身上穿着酒店的浴袍，头发零乱，两颊深陷。

尹年敲门，递进来洗净熨烫过的干净衣物。商影年将自己泡在那一缸热水中足足一刻钟，然后用力洗刷全身，仿佛要把一身旧皮囊通通换过。

“准备好了吗？”

“好了。”两人都迫不及待要避到公共场合去。

在电梯里，尹年从口袋内拿出手表来递给商影年：“我在地毯上捡到的。刚才趁你还在睡，我让酒店管家去改了表带。”

商影年将手表重新戴上。

“是你父亲留给你的？”

“是。”

商影年凝视着遥远的不存在的某处，缓缓说道：“我并不怕上天不原谅我，因为我们之间有永恒那么长的时间可以赎过弥补；我只怕父亲对我失望，我们之间不过这区区几十年。下一个轮回，各自不知会流落去哪里。”

“不要把自己逼得那么急，影年，有些事或许该顺其自然。毕竟，我们还有命运……”尹年的语气，仿佛已经走到了尘世尽头，一片苍茫。他看着电梯上闪烁的下行箭头，不再说话。

“是，命运。”商影年笑，但唇角苦涩。

两人在餐厅坐下，侍应生斟出热茶来。商影年没有碰那杯茶，只是看着那杯茶慢慢冷却，仿佛是她的内心转折。

尹年凝神注视她良久，终于下了最后的决心。他突然说：“报社的离职手续，我会帮你办妥。”

影年，我们的这场梦已经醒了。

因为好梦总是不够长。

只是我们并没有能够预料到，那些原本梦寐以求、辗转反侧不可得的东西，有一日不得不主动放手。时间到了，要相逢还是离散，唯听天命而已。

商影年听了他的话，明白他已知晓自己还没说也不想说出口的决定，旋即感到撕心裂肺的痛楚。但她没有抬头，开始用餐刀切开餐盘中的羊角面包，她的双手颤抖，金色的碎屑点点滴滴洒在餐巾上。

他什么都还没有问，却已这么清晰地看见了她的心，还有那如掌纹般蜿蜒曲折的命运。所以他放了手，让她自由，让她走。

她想说：我要跟你走，无论发生什么，我都要跟你走。

她想说：不要离开我。

她想说：我爱你，从遇见你的那一刻起，在我自己都不知道的时候。

但最后她说的却是：“谢谢你，尹总。”

“傅政勋半个小时以后来接你。”说完这一句，尹年觉得内心空洞清明，自己的话听在自己耳中仿佛能激起层层回响。

商影年放下餐刀把脸埋在手心里，泪水从指缝滴落。

尹年将自己双手牢牢固定在身侧，强迫自己镇定：“不要哭，影年……不要哭。我的意志力并没有我希望的那么坚强。帮我个忙，影年，让我好过些，不要哭……”

商影年抬起头来，她努力微笑着看他，仿佛下一刻世界上所有的光亮即将熄灭那样专注地看着他。这让她深深眷恋的眉眼，这温暖包容的灵魂。

尹年深邃的眼眸迎上她的注视，觉得双目酸涩，但是依旧故作轻松地问：“即将离任之际，能否说说，报社这份工作是否也给你带来若干收获？”

“所得丰厚。我知道太阳底下没有新鲜事，不用因为自己的遭遇太过唏嘘。还有，我很高兴，跟着你走过这些路，度过这些时间。”世间有些事，如果太好，大抵不是真的。但他带她走过的这一路却无人可以拿走，从此她再不是过去那个偏执的幼稚女子。

“不，是我该感谢你，陪伴我走这一段。”我们一同见到了，外面的世界是如何喧哗无休止，你我曾怎样在自己和这个世界之间设立起界限，即便是凝神细想的时刻，身体里也依旧有一半的自我缺席，却因为彼此的出现，而学会卸下心防，坦然接纳。

两个人坐在酒店大堂里促膝谈心，像一对旧时朋友般依依惜别。原来大限将至，是这样平静。

那是怎样的感觉？那究竟是怎样的感觉？恍然之间，一生的欢乐期待就在转瞬之间成了灰。世界这么大，我们需要的只是一丸止痛药，却又遍寻不见。

“如果有空，请记得回来看我们。”尹年努力想要扮演一个礼貌客套的角色，仿佛只有这样，才能让彼此好过些。商影年点头，泪水再次无法控制，却怕尹年看见，于是只有低下头去，任泪水滴在膝头。

“祝，锦绣前程。”最后，尹年伸出手来。

商影年也伸出手去轻轻握住他的手，却发现这双一路护卫她走来的温暖手掌，如今和自己的手一样冰凉。如果可以软弱，如果可以任性，那么这一段锦绣，不如拿来裁了衣裳。

“你，先走好不好？”商影年的声音轻微，低着头不看他的眼睛。贪图安逸的人，走不远，走远了，也会不住回头张望。而商影年贪图的是他宽厚有力的怀抱。

“好。”尹年起身，独自回到空空荡荡的房间，如同检视自己空落的心。他在落地窗边坐下，空气里还有她留下的气息，而桌上摊开的《圣经》正翻在《传道书》那一章。

“我心里说：来吧！我以喜乐试试你，你好享福。谁知，这也是虚空。”“看风的必不撒种，望云的必不收割。”

我们的喜与乐，不过是虚空。

太阳底下没有新鲜事。我们的故事，早已经有人写完。

尹年合上《圣经》回到大堂，拿出电话来拨给司机。门开了，他的衣襟被风吹起。司机将车停到他面前，他静静站立半晌才上车去，自始至终都不曾回头。

不能回头，也不敢回头。

司机从后视镜中看过去，尹年脸上的神情万分疑惑，好似他永远都想不起自己究竟怎么会舍得让她走。

暴雨将至，浓云在天际聚拢。车窗外的天色，渐渐暗了。

尹年心酸地想起，自己上一次努力想要忍住泪水，还是遥远的少年时。

“走吧。”他靠向椅背，将脸藏进暗中。

THE OLD
SHOP

Chapter 7 你的姓氏，我的名字

此去经年，你的姓氏已成为我的名字。

Chapter 7

-1-

傅政勋与陈叔一同到达时，商影年正默默注视着桌上尹年用过的那只茶杯。等她抬起头来的时候，苍白的脸上依旧没有血色，但也已经没有泪水。

“陈叔，麻烦你找人将我的那间卧室收拾一下，这之前，我需要另找一家酒店住。”

陈叔点头：“我知道，立即去办。”

然后她看向傅政勋：“政勋，给我上一堂速成课，我要知道仲恒基建的基本情况。”

最后她说：“走，我们上班去。”

傅政勋和陈叔跟在她身后，有了方向，神色已没最初的沉重。

第二天一大早，傅政勋就将相关资料找妥，去酒店找商影年。他们俩在小客厅并肩而坐，文件夹堆满半张地毯。

“这是公司这两年的报表、财务状况、投资分布，以及正在进行的几项主要工程。”傅政勋打开电脑，就像当年在大学的图书馆里，他帮她准备学期论文。

从能源到地产，再到金融保险，最后是酒店与百货业。每个阶段的发展都扣准时代脉搏。商影年看见她不知道的那个商仲恒，他的果断英明、高瞻远瞩。这样专注，哪里还有时间与精力分给其他人。

“政勋，你觉得我是否应付得来？”商影年低着头，露出纤细的脖子，睫毛遮住情绪。她不是怯场，只是问一个颇为实际的问题。

“你是商仲恒的女儿，并且，你读过这么多年的书。什么工作都是慢慢上手的。”意思是，你要对基因与后天教育有信心。

“打字员的工作也是如此？”

“自然。”

“你还不知道吧，我还有另一个硕士学位，政勋，那年情绪无处发泄，专攻学业。”

“西方艺术史？”傅政勋想起伦敦读书的时光，她迷茫的神情，长卷发，就像一个艺术系的女学生。

“他们不接受没有基础文凭的学生，所以我读了金融投资。”

傅政勋笑：“绰绰有余了，你可以拿书袋砸倒一批人。”也就是说，实际经验不够。

“你会否帮我？”商影年问。

“影年，我不再逼你谈感情，但这并不代表我会放弃关心你。”

“我们可以大方谈钱，这就是不爱的好处。”

“相信我，好处不止这一个。”

方婉春过来敲门，她手里拎着数件白色衬衫与深色西装外套。

“商总，临时给你准备了一些衣物。”她说，“你看看行不行？”

商影年听见她那声“商总”，一时没反应过来，她满腔期待地回头朝自己身后看去。父亲不在那里，方婉春喊的是她。

“谢谢。”她低下头，模糊地道谢。

“会议三十分钟以后开始。”说着方婉春从众多衣物中拿出一套来，交给商影年，“穿这个吧，有些老狐狸很敬衣冠。”说完，她先行离去。

啊，要上场了。第一次董事会议，商影年记得有很多的陌生面孔，很多的黑色西装，很多的慰问与很多颇为含蓄的责难。她坐在长桌一头，静静地听完，最后说：“诸位，我先代替父亲向各位表示感谢，感谢大家多年以来对仲恒基建的支持。初次见面，容我称大家一声叔伯，仲恒基建有我在，有大家在，定然会一如既往，蒸蒸日上。”

陈叔在这个时候派人送进红酒来。

办公室的喧嚣顿时化成一片静默。

商影年率先举起酒杯来：“先干为敬。”这鲜红的酒液，是谁的血？又是谁在说这样空洞而客套的言辞？商影年挥开那些问题，眉头也不皱一下，将那杯酒一饮而尽。她依旧容颜憔悴，但是一双大眼睛炯炯有神，看在那帮老臣眼里，嘴角眉梢有商仲恒当年的气势。而她身后站着的，是陈大总管与年轻有为的红人傅政勋。

会议散了，陈叔在商影年身侧坐下，说：“小影，这不是一份容易的工作。”

她笑，然后答：“才刚开始，说累还早了一点。”但既然她放弃那么多才坐到这里，那就势必要坚持下去。你以为莎士比亚写的都是世俗剧，但是他也曾说：“只有新的火焰可以把旧的火焰扑灭，也只有大的苦痛可以使小的苦痛减轻。”

“陈叔，不要担心，我会应付。”说完她起身下班。

第二天一早方婉春来接她，第一句话就是：“商总，休息得好吗？”

什么叫好呢？商影年疑惑地想。醒来的片刻依旧会恍惚，不记得自己身处何方。或者以为自己依旧只有十二岁，发生过的一切不过是场悠长劳累的梦。她一个键一个键地输入尹年的电话号码，然后再一个键一个键地删除。

但商影年只是说：“很好，谢谢。”

这个方婉春如今几乎成了商影年的私人助理，她负责接送、衣食以及其他一切事务。既然如此，商影年决定正式向傅政勋要人。

很快有媒体要求采访，商影年知道适当的曝光也是工作的一部分。她答应。

杂志记者带了一队摄影师与灯光师上来，方婉春过来帮她上妆。

采访刊登出来，配着整页彩照，商影年惊讶，那是自己吗？

另一个城市里，尹年也看到那篇访问。他的指尖轻轻滑过她的轮廓，这不是那个为着他的一顿晚餐而雀跃的影年了，她的眉宇间仿佛突然成熟许多，只是那黑色眼眸依旧是他们初相识时的样子，深不见底，如同遥远的湖泊。她的情绪也似湖底的秘密，藏得益发深了。

恒温的会议室，明亮的灯光，反复讨论着没有尽头的议题，厚地毯悄无声息，吸干所有的情绪。走出会议室抬头看，冬天的初雪无声落在春天的薄外套上。

已经换了两个季节吗？

时间都去了哪里？

呵，时间。

“陈家公子想约你共进晚餐，态度太诚恳了，小秘书已经为难，向我诉苦。”一个午后，方婉春这样对商影年说。

商影年想一想，似乎确实有过这么一回事，但是她觉得吃晚饭太浪费时间，于是让秘书拒绝。谁知道对方居然这么坚持。

“我们和他的公司有重要的生意往来吗？”商影年问。

“没有。”方婉春摇头。

“那他为什么要见我？”商影年奇怪。

方婉春露出匪夷所思的表情，想说“人家当然是对你本人感兴趣”，但明白她的心思已经不愿意理解约会的意义，所以最后只干脆利落地说：“我帮你推掉。”

“谢谢你，婉春。来，我们去喝杯茶。”商影年看一看日程安排，向方婉春提议。她们两个到街角的小小茶餐厅喝奶茶。商影年在茶中放很多糖浆与奶。能够享受的时候，就不要畏首畏尾。她心下知道，以后恐怕连这样安心外出喝茶的机会都没有。计划书一翻开，半生很快就过去。

“这样是否值得？”商影年疑惑。

“成功的人，确实会获得一些名利。”方婉春回答得很保留。

“有什么用？”

“那些名与利，争来可以当柴烧。”方婉春眨眨眼。

“你有没有觉得辛苦？”

“大学时期开始，我就打工自己支付学费，现在这份工作让我略有积蓄。我要做的事其实不过一件：照顾好自己。有什么苦不苦？”

方婉春这个女生这样磊落上进，让商影年激赏。只是她过于娟秀的名字给了别人错误的第一印象。

“那感情生活有没有被工作影响？”

“我在等一个人点头，等了有几年了。可是他似乎还在犹豫。”

“男生过于磨蹭有失气概，不过人生大事，是应该谨慎一些。”商影年就事论事，话锋随即又一转，“但遇见你这样好的女人，他应该放聪明一点，趁早抓紧机会，否则肯定后悔。”

方婉春笑：“谁说不是？”

直到商影年闻见傅政勋身上的香水味道，才明白方婉春说的是谁。他们用的是同一牌子的男女款香水。商影年微笑了，这确实是良久以来第一件开心事。在工作间隙她提醒傅政勋说：“不要累人家等太久。时间，经不得蹉跎。”

傅政勋听了愣住，过良久才说：“是，我知道。”随即又问：“那你自己呢？”

商影年笑，神色怅惘：“我？自认没那个资格，所以从未想过要别人等我。”

第二天方婉春的左手手指上套着枚订婚戒指。她一脸喜色。

“唉，我要失去一条臂膀。”说完祝福，商影年心内觉得遗憾。

“怎么会？他不过得到我的人，我的心总是在你这里。”方婉春故意把话说得很暧昧，因为她今天的情绪实在好。

“你会继续工作？”商影年惊讶。

“当然。傅太太一职只有个头衔，并没有正式工资。”

“这是订婚礼物。”商影年递一个白色信封给方婉春，她接过来随即打开看，是一枚蓝宝石古董戒指。

“结婚的时候，需要一点旧，一点新，一点蓝。”商影年解释。

“啊，这么漂亮的戒指！”

“这原是一件长辈的礼物，代表一个美好的盼望。只是没有时间去配包装，你将就着收下吧。”爸爸妈妈，我要让你们失望了，但没有关系，你们的愿望，会有别人来代为达成。

“你没有直接开支票给我，就已经很好。”方婉春笑。

谁能在这场谈判与那场谈判的间隙，这页文件与那页文件的中缝，保留百转千回的心事？

-2-

傅政勋在这个时候敲门进来，他和方婉春简短地打个招呼，完全是工作伙伴的样子。商影年笑：“装得这么好？我又不是无情的机器人老板。”

傅政勋有些尴尬，但是掩饰得很自然，只说：“政年大厦旁的那块地现正拍卖，拆迁工程即将开始。”

商影年听完，愣住。

那个城市，那个有他在的城市。

“我以为是很好的投资项目。”傅政勋接着说下去。商影年适时明白了他的意思，如果能拿到那块地，连同政年大厦一同规划，那个地段的身价立时就可以上去。如果失去那块地，或许在近身培养出一个竞争对手来。

“我亲自走一趟。”商影年已经推开面前的文件夹，站起身来。

“我陪你。”方婉春扔下未婚夫。

“别忘记后天你需去伦敦，百货公司合作案到最后阶段，再不抓紧，滞纳金不是小数目。”傅政勋明白她心思，所以并不阻止，只是在身后扬声提醒。

商影年头也不回地进了电梯。他只好抓住方婉春：“小心照顾她。”

方婉春笑：“我以为我们是去工作，工作的时候她是老板，她负责照顾我们。”

傅政勋只得松了手。

“放心吧，我知道。”方婉春毕竟不忍心太为难他。

陈叔已经打通最初的关节，商影年过去只是负责公关，即“联络感情”。饭局上大家相谈甚欢，商影年绝口不提地皮的事，只是陪他们聊家常。两个小时下来，笑容与颈脖一道僵硬。

回到酒店，伶俐的方婉春也垮下肩膀：“累！”

“早点休息，明天就回去了。”商影年在走道里和她道晚安。她回到房间放一浴缸的热水，将自己泡进去。然后起身擦干头发，换上简单的衣物出门去。脚步仿佛不受控制，领着她的心志一路飞奔。等商影年回过神来，自己已经站在报社楼下。

劳累叫人软弱，她已经不能抑制内心渴望。

已经是半夜十二时了，整座大楼只有那最后三层亮着灯。今天是不是他当值签版？或者他已经下班，或许他出差去了，不在本市。无数念头在脑海中来回，到此时，商影年开始为自己的行为感到汗颜，手心里冒出汗来。

再这样下去，她商影年简直要形同鬼魅，专门选在月黑风高的暗夜出入别人的生活。

正当她想要强迫自己离去的时候，一个熟悉的身影走出电梯来。他站在台阶上等司机，目光扫过寂静的街道然后凝住。深夜清寒，商影年站在马路另一边，与尹年一样，穿着白衬衫，深色长裤。

见到她，尹年突然刹住脚步，待确定不是看错，立即快步走过马路去，仿佛怕她会突然消失一样。他在她面前站定，那目光竟让商影年感到如此疼痛，仿佛心上被划开一个看不见的巨大伤口。

从冬天到夏天，从生到死，看着尹年平静的侧面，商影年感觉有几个世纪已经倏忽间过去。

两个人站在风里，都不说话。碎发时时拂过，遮住她的眼睛。

“近来可好？”他轻轻问，这一句寻常问候到唇边和他的心一般颤抖，仿佛依旧不确定她此刻真的在自己面前。

“我很好，你呢？”她漆黑的眼睛平静无波，如今终于学会隐忍，过程却原来如此辛酸。

如今没有你，没有人指引，回头的时候身后没有人。

“有一次，我在停车场看见一个短发的女子，她靠着车窗在等人，我以为是你，走过去，才发现是看错。”尹年轻轻说。

“你知道吗，如今，我也有三个助手，还有一间隔音的会议室。太累的时候，我就骗自己说，你就在隔壁办公室等我。如果我坚持下去，你会奖励我一个拥抱。”商影年鼻子发酸，泪水凝在睫毛上。

“此次来，是为政年大厦旁边的那块地？”尹年随着她的话题谈工作，这样比较安全，对大家都有好处。

商影年点头，其实彼此都知道，那不过是个借口。

“你知道他们中有位姓李的先生，他说的话很有些分量，而他最大的爱好是清瓷。”

“虽然俗艳，但那些要比明青花容易找吧？”

“确实。”

“或者还有个姓唐的，他的爱好是书画与大红袍。他说的话也是有用的。但此人性格有几分古怪，不喜欢在酒店那样的场合谈生意。”

“我记下了，谢谢。”

“喜欢你的新工作吗，开不开心？”呵，也只有他会想起问她心事。

“现在已经没有什么资格谈论自己喜恶。我只做自己应该做的事。”而且这也算不上商影年第一重要的工作，做商仲恒的女儿才是她真正的终身职业。

“这也没有什么要紧，我们做的事，有多少是真心喜欢？”他的语气轻松，如陈述一件寻常事实，并不见感慨或惆怅。

“我时常觉得累，因为我懒惰，希望听到明晰而真确的指示，往东往西，做这做那，多么省心。”

“真有这么一个人在，恐怕你还是不会听从他。你只是累了，需要歇一歇。”尹年伸出手来，用温暖的手指将她锁住的眉心轻轻熨平，“人生真像一条幽深黑暗的隧道，摸索着走，看不见头。但最终的结果，常常又像突然出现的亮光，猝不及防地迎面而来。我在这隧道里走得比你远，是以说话有回声，听来更有气势。其实，都是空的。”

“可我怀念以前做编辑的日子，因为最后总有你签版，我可以放开手脚做事。”

“即便犯错误，也是罚我，对不对？”尹年微笑，那确实也是他最怀念的时光。

“以前我从未想过会坐在父亲的位置上，继续他的梦想。我只要独善其身就好。”

“影年，或许你并不擅长表达自己的情感，但你能领导他人、获得敬重，因为你手中握有真正的力量：自律、坚韧，还有才华。”

“这并不容易。”

“但也并不比别的工作更难。”

“不难？说谎可是要长出长鼻子的。”商影年皱一皱鼻子，恐吓他。

“骗小孩子应该没什么关系。”尹年笑。

“可我总是相信你。”商影年转过头去，轻轻说。

尹年看着她消瘦的侧面，问：“这次会停留多久？”

“明天就走。明天晚上我要飞伦敦。航班要经过整个西伯利亚荒原以及大半个欧洲。”

“今晚的月色这么美，明天一定是个好天，会一路顺风。”

越说越荒凉。但两个人，却没有告别的意思。

静默良久，商影年说：“我听说在南美海域有一种幽灵船，总是航行在那些最危险的海域，藏在迷雾与风暴后面。见过它们的人都说船上华灯璀璨、乐声悠扬，但是它从不靠岸。”

语气中的凄凉无助让尹年觉得鼻酸，他终于不再克制自己，伸手将她拥进怀中，用力护住她瘦弱肩膀。熟悉的 4711 科隆水。苦橙叶与迷迭香的味道。但太多话哽在喉间不能成言，最后只是说：“我在这里，总是在这里。我答应你。”

“不，不要浪费你的时间。”

“可是，我已经在这里了，这是我的决定，正如同你也做了你的决定。”尹年紧紧拥抱她，仿佛天荒地老都不会放手。

这时一辆黑色的车停在马路对面。

尹年知道无法留住她，但也舍不得放她走。

“我得走了。”她终于艰难地说，泪水大颗大颗，从脸颊滑落，掉在尹年的手心。

尹年退后一步，风吹起他白色的衣角，像一个苍白的手势。他伸手拂开商影年额边的碎发，说：“那么，来，让我们说再见。”

“再见。”商影年哽咽。

“你看，我们还是会再见的。”尹年微笑，漆黑的眼眸里有鼓励，也有不舍，看进商影年的心底，成为一片黯然。是从什么时候起，将放手练得炉火纯青？

影年，我或许比你自己都更懂得你的心。如果不让你走，你一生都不会真正快乐。当你心里藏着那么多放不下的遗憾与愧疚，我又如何能够快乐？

影年，你有没有等过谁？在人世熙来攘往暮色渐起的街角，在时间风雨飘摇一望无际的荒野，等成一道暗影，等成一个空洞。但你要记得，我会等你。

我会等你，那么你就有来处，也有退路。

方婉春将车驶向酒店，她万分疑惑地说："原来是这样的人物。看得出来，他甚为在意你。为何放弃？"

"时间不对。我是个蠢人，一次只能专心做一件事。"

"等你的工作都处理好，人事改革完成，自然可以去找他。"方婉春并不放弃。

商影年将头埋在手掌中，没有回答。不，事情不是这样简单，时间对我不会如此仁慈。很多事情，时间一过就不能挽回。比如，我和父亲的关系。他以为将来有的是时间弥补，但如果过去他每天只多给我十分钟，事情就不是这样。

或许我是来自冥王星的孩子。幸福要从那么远的天际传来，经过层层星云、黑洞、流星雨，所以晚点了。或许有一天，命运终会将它送至我门前吧。那么漫长的抵达，于是如此珍贵，带着星尘的光华，足可点亮我的梦境。

但如果它永不抵达，也没什么关系，商影年对自己说，因为她会永远记得曾经有那么一个人拥着她在美好的夏日傍晚慢慢起舞，曾有那么一个人看顾她的病痛，曾有那么一个人，让她知道深爱的滋味，以及放手的痛。

在时间里我们历经世事，行走到某一刻终于明白，我们若没有和那个人白头偕老，那么，和谁白头偕老都是一样的。

人，不可以贪婪。

-3-

商影年去伦敦谈的是百货公司的合作案。商仲恒生前一直想要引进伦敦老牌百货公司的品牌与管理，这一设想如今终于因为贸易开放政策而成为可能。如果占得先机，将在高端消费市场打下大片江山。

以前被派来开拓中国市场的往往是总部权力斗争中的边缘派，用来充作冲锋陷阵的敢死队，然后顺理成章作为前浪死在滩头上。但如今情况已经不同，这位在宽敞办公室内接待商影年的罗便臣先生水准如何，一眼就看得出来。起码，他的姓氏已经说明了一切问题。罗氏拥有世界上最大的高级私人百货公司。

商影年耐心地喝着伯爵茶，不加奶，不加糖，只添一片柠檬。此罗便臣先生的办公室里有一盘“大富翁”趣味棋，棋子都由非洲的白色肥皂石雕刻而成，有狮子、大象、长颈鹿、河马与羚羊，买卖的地产则包括机场、铁路和野生动物园，趣致十足。这也算得上大英帝国殖民旧梦的一种表现形式。

“买卖地皮是否是你唯一的爱好？”商影年一副戏谑的语气。

“哦，不，只是其中比较突出的一项。”他仿佛有些不好意思，其实从第一次打照面开始，他就心下知道，面前这个黑发的女生，轻轻触动他的心弦。但是有工作在先，得撕破脸谈钱，想来很难再有机会挽回什么形象。想到这里，他就有顿足的冲动。

“商氏在政府、地产以及金融界的资源，让我们对将来的合作深具信心。”他慷慨地说。

“罗氏的品牌魅力也确实让我们激赏。”商影年回报他同样的赞美，大且空，如满天礼花。空洞的场面话讲这么漂亮又有什么用，商影年在心底冷笑，独家品牌代理权与品牌管理费还是要一个便士一个便士地谈。而自己，也渐渐成为一棵空心菜。

当然也有下班的时候，方婉春去牛津街购物了。罗氏独对商影年，预备充分发挥自身魅力尽地主之谊。“要不要去 SOHO 区放松一下？”他问，“那里的酒吧自有那么点不寻常的味道。”

商影年想起当年自己的毕业论文，笑：“我知道你的预算中很大的一部分去了哪里，不过羊毛出在羊身上，转头又可以从绵羊的身上赚回来，可是这样？”

“那么我们省一点，搭地铁到罗素广场，走几步就是大英博物馆，那里不收门票，大堂的咖啡味道是差一点，但价格合理。还有那高大的玻璃天顶，一片明亮光华。”罗氏从善如流的样子。

“也不用那样省，毕竟是要照顾到罗氏品牌形象的。”商影年提议，“国王路上有家小餐馆的生蚝不错，是否去尝试一下？只是这个时间，怕没有位置。”

“Chelsea Kitchen？”罗氏惊讶，“你这个精灵，居然知道那个地方。我这就让秘书订位。”

商影年想说，我曾在这座城市生活过几年，熟悉它哪怕细微的脉络，一如她明了自己蜿蜒的命运。但商影年并没有多做解释，只说：“知己知彼，百战不殆。”他不是也一样将商氏的底细查得一清二楚？

餐馆离罗氏的办公室只有数百米路，仲夏的伦敦最适宜步行。花坛里还剩着四月的黄水仙，散发迷离魅惑的香气。风来的时候，随风势摇摆它们柔长的枝叶，沉重的金色花冠轻轻触碰在一起，仿佛热恋中的人，吻了一次又一次，不知满足。

两人并肩而行，并不交谈。商影年很难不注意到他的长鬓角，还有他深蓝色的眼睛。他的姿态让她想起曾经有一个人，在冬天也喜欢穿低调的苏格兰呢，配深色高领毛衣，剑眉星目。如今，商影年凄凉地想，她已经学会入睡前在自己床头放一杯水，这样就不必在午夜梦回时分，独自到漆黑的厨房抱着双膝哭泣。

“你的形象，简直可以做贵品牌形象代言人。”商影年夸奖他，或许是因为在西方地盘，对方又是个白皮肤蓝眼睛的鬼佬，所以做派也可以洒脱一些，商影年并没有平时那样拘谨。

“亲爱的小姐，你是否注意到，其实我也有灵魂。”他笑，语气中有一点点挫败。她这样直接地夸奖他的外表，说明她那颗明敏的心，永远不会属于他。那么，她注视自己时，娟秀面孔上的怅然若失究竟是因为谁?

两杯黑啤酒下肚，罗氏问：“你知道吗，小姐，你的心有伤痕，啊，你的灵魂不完整。”他接着说：“不要急，不要担心，所有问题都会解决，慢慢来。”

“影年，不要急，慢慢来……”

商影年抬起头，急切地想要在他陌生的蓝色眼眸中寻找那熟悉的影子，却只看见自己失落的脸。总有人和他一样爱穿白色衬衫，或者和他一样剪着短而利落的头发，有棱角分明的侧面，但只有他会那样带着平静沉着的神色在暗中凝视她。只有他，有那么明澈的眼眸，带着深邃烟波蓝，让她觉得无所遁形。

让她相信还有另一个世界，高贵而明净。

是的，从遇见他那天起，她就不敢相信在她的人生里能够有这样一个人出现。于是她倔强偏执地想要证明，他和他们一样，是她这一路上，无心路过的风景。但是他在一片纷乱无序里站成一个灰色的寂静剪影。他在神情困顿、姿态焦灼的人群里，低调而孤傲。

他曾说：影年，不要急。

他曾说：影年，我已经走了这么远，不想回头。

他也曾说：我在这里，总是在这里。

他始终与别人不一样。

他又如何会与别人一样?

往事纷至沓来，商影年觉得内心钝痛，那种痛带着一点酸，压迫着她的五脏六腑。她终于放下酒杯，道：“谢谢您的款待，我先走一步。”

“你认得回酒店的路?”

“左手边，五十米处。”

“那你可知道自己的心在何处?”

“往东，八千公里，在他的胸腔里。”

听了商影年的话，罗氏的神色突然变得很温柔，温柔得近乎哀愁。他没有再追问，也没有跟出来。给对方自由就是最大的尊重。

商影年走到酒店门口，但没有立即进去，她独自站在微凉的夜风里。

今夜的月亮早不是原先那一个，你又是为谁风露立中宵?

酒店侍应生看见，过来担心地问：“小姐，你可是丢失了什么重要的东西?”商影年从沉沉思绪中回过神来，轻轻答：“是，但已经找不回来了。”

啊，多么不幸的事。他摊开手掌，露出一个万分遗憾的表情。

商影年笑笑说：“不过没关系，我们都是这样活下来的。谢谢你的关心。”她上楼回房间去。

就这样，商影年执掌商氏集团进入第三个年头。方婉春与傅政勋已是商影年的左膀右臂，他们联名送的礼物是一只 Saint Louis 水晶球，商影年将它放在案头充当镇纸。后来下属都摸出规律来，如果她摇晃那只水晶球超过三次，就该换话题了。

陈叔名义上依旧是商氏的大总管，但公司已经聘请大量职业经理人，他们做起业绩报表、开起国际电话会议来，像机器人那样训练有素，精力充沛。夏季的时候，他们收到商影年的礼物：一张前往欧洲，回程开放的头等舱机票。

人们都说，商家女老板慷慨而铁腕。

商影年像是继承了商仲恒全副头脑与精力，或者她本来就是一个女性年轻版本的他。有钱好办事，商影年开始有点理解父亲拿钱打发人的习惯。那么焦急地看着目标与结果，所以没有时间与精力拨给烦琐的过程。

某个清晨，商影年站在镜前看见了眼角的第一道细小皱纹。她看着自己在镜中的影子，轻轻说："尹年，我已经随你一同老了。只是，你没有看见。只是，你也不会知道，事到如今，我依旧爱你。"

她开始笑，泪水却无声无息漫出了眼眶。

那年秋天商影年与傅政勋又因为一单矿石的生意飞澳大利亚。商影年服过安眠药片，饮半杯香槟。在睡去之前她问傅政勋："你知道为什么澳大利亚最多怪异的物种？"

"为什么？你依旧喜欢看 Discovery 频道吗？"傅政勋整理着会议资料随口问。

商影年看着舷窗外无边无际的黑暗，说："那是因为与世隔绝，无法与外界沟通，所以只有埋着头，独自盲目地发展。"聪明如傅政勋当然知道，商影年说的不是那片遥远大陆，而是她内心那座寂寞岛屿。而他能做的，只是关上阅读灯，然后轻声说："睡吧。"

-4-

那是分别的第四年。

商影年没有想过自己会再次遇见尹年。就算藏在心底的想望再迫切，她都已经学会忽略忘却。那个上午，她陪一位重要的供应商在瑞吉酒店的餐厅用早午餐。就在落座的那个瞬间，她看见他熟悉的身影，仿佛是内心太久太灼热的盼望终于凝结，化成他的幻象出现在面前。

尹年也是来谈公事，商影年认出他对面的几位客人自己也曾在一些重要场合照过面。尹年的姿态依旧是一贯的得体有礼，但那腔坦荡热忱已经改变，如今他周身仿佛隔着一层霜，目光中有某种遥远而寒冷的气息，冷峻疏离，生出叫人不敢接近的严厉。

然后他也看到了她。只有片刻的震动，很快，眼神中的激越欣喜渐渐黯淡下去，化成一片复杂不明的沉默。身边都有需要照应的重要客人，两人隔着十多米的距离遥遥凝视。不敢相信，居然在一个毫不相干的城市偶遇，同处一片屋檐之下。商影年牢牢抓住坐椅扶手，要用尽力气才能控制住自己不向他飞奔而去。

“我还没有做完该做的事。”她看着他，在心底这样说。

尹年微微点一下头，眼神像是在说：“我明白。”是，他总是明了，就如同某种神迹，珍贵罕有，让人安心。

商影年低下头，觉得心酸。她曾以为不会再记起过去种种，如今却是如此融化在他的目光里，融化于没顶的期盼与哀伤。

若非切肤，则为不痛。只是到如今，我和我的伤口，已经相处得相安无事。

这时方婉春过来，告诉商影年会议室已经准备好。商影年与客人一同起身，侍者快步上前，送上一个信封。商影年将那信封紧紧握在手中，觉得这个薄薄的白信封有千斤的重量。

会议室内有一纸文件在等着他们，签完这个字，商氏将正式奠定自己在百货销售业的龙头地位。无论谁看起来，此刻商影年的背影都是踌躇满志的。只有尹年看到了那坚定的脚步里隐藏得太仔细的悲伤。让他想起少年时候，同桌小女生看的那则童话故事，故事里说，小美人鱼每走一步都像踩在锋利刀刃上那么疼痛。

太阳升起来了，我们的梦却化成蔷薇泡沫。

但谁让我们与魔鬼做了交易？

良久，尹年才将目光从那个远去的纤细背影上移开，停留在半空某处，神色里说不尽的哀伤与迷惘，仿佛有什么已经在他心中一截一截碎掉。

会议室中，商影年在会议结束后用颤抖的双手打开那只信封，便签上是他的笔迹，却只有一个字：年。

其余一片空白。

想说想念，想说等待，想说“你好吗？我很好”，想说这几年点滴改变终成激流。有太多太多的话哽在喉间。

此去经年，你的姓氏已成为我的名字。

仲恒基建投资的第三家百货公司开业剪彩那天，商影年依旧是一身素色裤装。金色剪刀剪断红绸，利落爽快。她在心底说："爸爸，我又完成一项作业。"

那晚她梦见父亲商仲恒。

"爸爸，我想把基础能源部分的工厂转让出去，那笔资金用来投资金融与保险。你觉得如何？"商影年向他请教工作。

"这也曾是我的计划，但几位元老重臣跟我多年，始终下不了这个手。这事，你多问问陈叔，他虽退休，却可以帮你。"

"可有锦囊妙计？"

"你的身份就是尚方宝剑。"商仲恒说，"还有一个故事，叫《渔夫与金鱼》。你是否明白？"

商影年点头："能给的，就慷慨地给；不能给的，寸步不让。"

最后他说："小影，逆取顺守。"

商影年想一想，说："是，我明白。"

商仲恒却问："小影，你做得这样成功，为何不快乐？"

商影年答："不，我不是不快乐。你没有实现的愿望我都要代你完成。我记得，你事事要求完美。"

"不，我要的，是你的笑容。"

"你可看见了业绩报表？"商影年问，就像她小时候忐忑地想知道父亲对自己的成绩单是否满意。

商仲恒却不愿再提工作，他深深叹息："我毕生最大的财富是你，我最大心愿是见你快乐。"

"爸爸，我想念你。"商影年伸出手去，想握住他的手。

商仲恒却说："你妈妈叫我，我要走了。小影，你要做自己真正想做的事。"说完，他消失在白色窗帘后面。商影年挣扎着醒来，如其他无数个清晨一样，距离闹钟上设定的时间正好还有十五分钟。

五点四十五分。

商影年起身洗漱，窗外是初夏第一场大雨。打开文件夹，秘书已经在昨天傍晚将需要回复的电子邮件打印分类归档，邮件下面，是一天的行程。冲一杯速溶咖啡，商影年在书桌前坐下，打开录音笔开始口述回信大概内容。处理完邮件，天色还没有完全亮起来。这是一天中最寂静的时刻，商影年拿出规划书来看。

七点三十分，再冲一杯咖啡，烤一块面包，草草吞下肚去。司机已经准时在楼下等。坐进车内，商影年打开手机。

一天，又开始了。但今天还有一件事情要做。商影年在花店买一束白色玫瑰，到父亲坟前拜祭。而她也没有忘记，前一天，正是尹年生日。不知今年会是谁陪他庆祝。或者，他一个人在暗中独坐？

九点三十分，秘书领着一位穿深色西装的年轻人进来。

"东正律师行，鄙姓徐，代表顾东正律师而来。"他欠欠身，自报家门。

商影年一边吩咐秘书斟茶，一边招呼道："呵，徐律师，幸会。你不是五年前的那位律师。"

"是，我们这一行，流动性也很大。"他笑，随后立即切入正题，"我此次来是为了知会商影年小姐，您履行商仲恒先生的遗嘱已满五年，我们的会计人员已经评估过仲恒基建的经营状况，资产维护状况良好，企业获得长足发展。也就是说，商先生的遗嘱获得了非常合格的遵照执行，现在，根据遗嘱的附加条款，商小姐，您从今天开始获得商氏资产的自由支配权。”

商影年的手放在办公桌上，没有动。才五年？一个又一个决定，一个又一个报告，好像她的大半生已经在这间办公室里、这张办公桌前度过，却其实不过五年。

徐律师拿出文件来，提醒道：“如果没有异议，请在这里签字。”

商影年看着文件上父亲商仲恒多年前留下的签名，伸出手来轻轻抚摩。呵，父亲，我们又见面了。这就是你表示赞许与肯定的方式，又一次自由选择的机会。商影年提起笔，在父亲的签名旁写下自己的名字。

徐律师起身告辞，商影年按下内线，问：“会议室准备好了吗？”

秘书及时答：“商总，会议室已经准备妥当，电话会议十分钟以后开始。”

那天傍晚，商影年早早下班。她没有回家，而是去陈叔家吃简单的四菜一汤。陈大总管已经在年初正式退休，结束他在商氏长达三十余年的效力。

商影年落座，看见桌上多了一只酒杯、一副碗筷。陈氏夫妇心细，也记得今天是商仲恒忌辰。

最后，陈夫人端出阳春面来。

商影年道谢，泪水掉在面汤里。

“这么漂亮一位姑娘，但已韶华不再，所以痛心疾首，可是这样？”陈叔揶揄她，其实是怕她尴尬。

吃完面，陈叔带商影年到书房喝茶。

“今天的会议上，我决定进军保险业。”商影年道，“陈叔，我需要你的意见。”

百货公司、度假村、投资银行、保险公司，为商氏工作的专业经理人简直是一支军队。

“从基础工业、地产，到百货与金融，你用五年时间完成转型，小影，我已经没有什么可以帮你。你父亲在你这个年纪，也未必会做得比你更好。”

“父亲白手起家，我不过是为他的版图锦上添花，算得了什么。”

“小影，五年了。你有没有考虑过自己的个人幸福？”

“我心里有数。”

“真是像足你父亲。其实根本没放在心上，对吗？却答得这么诚恳。”陈叔笑。

“走太远，回不了头。等将来吧，将来我会好好考虑自己的事。”

“将来？根本没什么将来，我们能掌握的只有现在而已。别忘记，论年龄，我和你父亲同辈，你可别忽悠我。”陈叔摇头，想要敷衍他，没这么容易。

“陈叔……”商影年犹豫再三，终于说，“如果我辞去董事长一职，会对商氏造成什么程度的影响？”

“董事会不过是要钱，给他们一个能赚钱的领导就是。”陈叔仿佛早已经知道她要这么问，答案都是现成。

商影年抬起头，一老一少对视片刻，陈叔先笑了出来：“当年你爸看上傅政勋，不是选女婿，是挑接班人吧。公司上下那么多才俊都入不了眼，就看上他。”

“任人唯亲，所以逼他娶我。”商影年的唇角扬起，“我爸就是这样的人，总觉得自己是对的，别人照做就是，也懒得解释，可怜了当年的大好青年傅政勋。可是啊，我爸他真的……常常是对的。”

陈叔听到这句调侃，不知怎么有点鼻酸，如果商仲恒还在，听到女儿这句话，是得意，还是感慨?

“毕竟几人真得鹿，不知终日梦为鱼。”商影年慢慢对自己说。

“如今古文比英语好了。”陈叔抹一抹眼角，“都听不懂你说什么。”

商影年低头喝茶，细细想过后答：“‘此身天地一蘧庐，世事消磨绿鬓疏。毕竟几人真得鹿，不知终日梦为鱼。’说的是，世事荣华，岁月消磨，能有几人得真心所求，不过是泥潭里谋生，不知满足。其实啊，我们劳苦一生，到头来又有几个人真能懂得自己的心，知晓自己真正想要的是什么? 不过是错上加错，百上加斤。”

只是那个当年告诉她这句话的人，此刻在哪里呢? 依旧在等，还是倦了累了，终于向时间投降?

-5-

“影年，还有最后一个会议在等你。”方婉春敲门进来。

“辛苦这么些年，我也不甘心走得默默无闻。”商影年起身，向会议室走去。

傅政勋站在门外，神色复杂。商影年已将手里股权悉数让渡给他，此时的傅政勋已是商氏名副其实的掌门人，兜兜转转，傅政勋还是以这种方式接过了商仲恒的衣钵。

“政勋，对不起，把这副担子留给你。”商影年道。

“最难的转型你已一手完成，我不过是守成。”

“虽曰守成，实同开创。”商影年笑着说。听她这样讲，傅政勋也笑了，这可不正是清朝史官们给他们的康熙皇帝写的评语？商影年是从什么时候起开始读她以前最不爱碰的“除了字，什么都没有”的历史书？

会议上，商影年宣布自己离职的决定，职权让渡于总经理傅政勋。早已经听到风声的董事会不过礼节性地表示了惊讶。商影年姿态放松，语气平静，向在座各位表示感谢，然后将会议主持权交到傅政勋手中。与其他被迫放弃自己事业的人不一样，她没有不甘与苦痛。她知道，自己最重要的工作从来不是这一份。

她轻轻转动手腕上父亲留下的那只白金男表，在心底说：“爸爸，如今我已经走过你希望我走的路，明白这么多年来你的用心，明白了你的一切悲与喜，辛劳与成就，收获与遗憾。”

我终于，懂得你。

送别宴会足足进行到午夜，商影年破例多喝了几杯，坐到车内，已经有了醉意。回到家，倒在客厅沙发上即刻睡去。又做梦了，商影年梦见自己回到办公室去，但这一次她穿着牛仔裤与汗衫，而不是正式的套装。她看见父亲背对着她，正坐在椅中，注视着窗外景色。

“爸爸，你对我的成绩是否满意？”商影年问。

“你说呢？”他依旧没有回头。

“我已经尽全力。”

“你的成绩，大大超过预期。”

“谢谢肯定。”

待那人终于回过头来，却原来不是商仲恒，而是商影年自己。

呵，她这一路终于走到了自己的面前。

醒来的片刻商影年心头一片澄明，她早该知道，一直以来都是自己在和自己对峙。

她到书房拿出父亲留下的那纸信笺，翻过来。信笺背后是她列出的一项项日程。她逐字看过，最后提起笔万分慎重地划掉了最后一项。

父亲，为了追赶你的脚步，我不断努力超越。今天，我终于看见自己跨越那些阻碍与距离，坦然地站在了自己面前。

商影年回到卧室，将闹钟内的电池取出，然后将闹钟扔进垃圾桶。

门铃在此刻坚决地响了起来，商影年不得不去应门，是方婉春：“陪我去巴黎选婚纱。”这么多年，他们终于决定补上最后一个步骤。

“小姐，我听说 Vera Wang 在中国也有开店。”商影年揉着脑袋，到厨房做咖啡。

“不，这是我年幼时候的梦想，结婚的时候要穿上巴黎制的裙子，那时候，只知道有个牌子叫 Christian Dior，最拿手的是做大蓬裙，腰身细细一点，令人向往得流口水。”

商影年知道，方婉春只是想借机陪自己出去散心。她答应，因为不想辜负这片好意。向西的航班，日落了。天际线如烟花盛放，耀眼不可直视，然后灰暗一片。

尹年，此刻你在哪里？我想念你。这想念的含义是，当我在三万英尺高空自舷窗向下俯瞰，云下这渐渐沉入夜色的星球上，只有你在。

“你为什么不去找他？”方婉春看着商影年寂寞的侧面，轻轻问。多年前那个街角的拥抱，时至今日依旧叫她这个旁观者觉得内心震荡。她明白，自己或许永远无法拥有那样深刻而痛楚的爱，因为聪慧如她早已经知道傅政勋的心有一半不在他的身体里面，但世间很多夫妻都不过是有商有量地过日子。

“该以何种面目出现在他面前呢？”商影年叹息，难道说“累你等这么久，让我对你负责”？就这样，一点一点失去了勇气，拉开了距离。

刘易斯在《爱丽丝梦游仙境》中借爱丽丝之口说：“我回不到昨天，因为彼时的我是另一个人。”但苏轼在他的《江城子》里说得更低回凄凉：“纵使相逢应不识，尘满面，鬓如霜。”

商影年不记得在多少个天色即将亮起的拂晓，她一个键一个键地输入那个早已在心中重复了无数遍的号码，然后一个个删除。当思念如晨曦渐涌，她只能忍住热泪，咬牙迎向一个个商务会议，一次次合作谈判，一场场生死战役。

沉默了太久，忘记来时路。

唯时间奔流不息，成为我们之间最远的距离。

多年以后，当我遇见你该如何致意，以泪，以缄默？商影年叹息，在气流的颠簸里闭上眼睛。

根据方婉春做的巴黎攻略，她们的第一站是巴黎圣母院。商影年没有即刻进去，她独自站在风里，缩着脖子，鼻尖被冻得通红。这是他们第一次遇见的季节。

那一年的冬天，不停下雪。

你还记不记得？

你是否会记得？

耽搁太久，方婉春终于出来寻她。商影年跟着她走进那一片空旷而辉煌的昏暗中，抬头深深仰望那瑰丽的圆形彩绘玻璃。方婉春在圣坛前点一支白蜡烛，看着商影年凝视的目光问："你许了什么愿？"

商影年沉默，她想起自己曾经有过的一个又一个祈望：她曾希望时间之河倒流，希望所有的错误得到修正，希望忧伤不再，一切重来……最后她却只是说："请给我一颗平静的心。"烛光跳跃摇曳，最后迸发出耀目光华。

上帝应允了。

在拉佛耶商场[1]，方婉春发现自己曾经梦寐以求的华衣像萝卜青菜一样挤在货架上，模特般美丽的服务员上来用法语和日语跟她打招呼。两人

1 巴黎奥斯曼大道上的一家大型百货商店，曾经凭借豪华如宫殿的装修轰动一时。因其法文名称Galeries Lafayette中的"Lafayette"音似"老佛爷"，又被称为"老佛爷商场"。

扭头离开，又去私人设计师的小店里碰运气，一件又一件，周折了一个下午却没有丝毫收获。从前明理智慧的方婉春如今完全失去她的智慧与判断力，但是商影年明白，她不过是要做人生中一个重要决定，所以内心忐忑。

最后方婉春只刷卡买下两大杯咖啡与一盒手工巧克力。“我的婚纱不在这里。”坐在路边，她疑惑地说，“我年少时候的梦也不在……”

它们都去了哪里？

商影年拉着她穿过几条马路，到巴黎歌剧院听《茶花女》。

方婉春整晚都没有展颜。

“是否觉得再传神的歌者，都唱不出你内心忧伤？”商影年逗趣地问她。这也是方婉春的贡献，当一个人努力去安慰别人的时候，就比较容易忘记自己的不快乐。

“明天我们就回去，好吗？”回酒店的路上，方婉春终于这样提议。喧嚷几日，如今她觉得累了。

“等一下，我们去里昂好不好？”商影年突然说。

“小王子的故乡？”方婉春的眼睛又亮起来，“太好啦！”立即拨电话去酒店礼宾部订火车票。第二天一早车票就与早餐一起到了。出租车沿着罗讷河行驶，一幕幕生动的墙壁彩绘在窗外掠过。墙上的城市，单维度的艳丽生活，画中人被困在一个美丽的世界里。商影年将脸紧紧贴在车窗玻璃上，不禁有些羡慕地感慨。

到市中心的酒店住下，睡到半夜被奇异的光亮唤醒，起初以为是月光，到窗前一看，啊，下雪了。十一月的欧洲，突如其来的大雪。

第二天一早，两人到山上去参观白色圣母大教堂。方婉春被小店里的纪念品吸引，商影年独自踩着厚厚积雪向教堂走去。空气凛冽清透，吸入腹中，仿佛水晶慢慢融化。圣母大教堂矗立在城市的最高处，两只相连的白色尖顶带着悲悯的神情俯瞰着人世。

四下一片寂静，因为季节与天气的原因，没有看见其他游客的踪迹。但是雪地上已经留下了一串脚印，大概是某个工作人员留下的，商影年这样想着，专心致志地踩在那串脚印里往上走，耳边只听到自己的脚踩在积雪上的声音与呼吸声。当她走上最后一级台阶，却发现不远处站着一个挺拔的身影。

啊，已有人捷足先登。商影年觉得有些可惜，低头时看见自己脚下的印子一直延伸到他的脚下，原来那串脚印就是他留下的。这个人有着欧洲并不常见的深色头发，身穿黑色外套，还有一件灰色大衣挂在臂弯，正专注地看着山下积雪的里昂市风景。

商影年不想打扰他，于是放轻脚步向教堂入口处走去。正在这时，方婉春端着两杯热咖啡赶了上来，看见商影年背影，大声喊道：“喂，影年，等等我……”

商影年停下了脚步，而那个背影也在听见那声“影年”时蓦然转过身来。四目相投，时间仿佛凝住，两人怔怔地看住对方，一时之间无法成言。身后的方婉春此时也看清楚那人的面目，惊讶地喊出来：“啊，是他！”

商影年笑了，是的，一直都是他，也只有他，尹年。

一步又一步，商影年朝着尹年走去。他没有动，只是深深地注视着商影年，像是怕她随时会因为自己的轻举妄动而消失不见。

“很高兴又见到你，你好吗？”商影年忍住眼底的泪水，轻声问道。

“我还好，你呢？”尹年开口，声音已经嘶哑。

“我也很好。”商影年微笑，“只是，我很想你。”

“影年……”他开了口，却又沉默。说什么呢？难道要问：“凑巧遇见，这次可以留多久？”或者告诉她多年前就想不顾一切说出的那句：“我想要你留下来，留在我身边。”

良久他才说：“影年，我开始听得懂京剧了。记得有一句唱词这样说：‘从头到底，将心萦系，穿过一条丝……’多么贴切。”

“我也懂了你读给我听的诗。那时候听得不真切，真难找啊。”

两人隔着一手宽的距离说话。清晨停的雪又开始细细密密地下起来，天地间一片纷扬的白。

尹年的鬓角夹着微微的白色，仿佛是雪落在了发上，但他却丝毫不以为意。商影年伸出手去，想要替他拂开那雪花，定一定神，才想起来，那是白发。

她的手停在了半空。世事消磨绿鬓疏。

尹年的眼神里带着那样坚决与苍茫的意味，让商影年鼻酸。大概是因为这些年工作上不可避免的辛劳纷争，又或者只是因为寂寞守望。依旧是那样坚毅的轮廓、深邃的眼眸、绵延的长眉，但他的脸上，终不可避免地落了风霜。这是果敢出众如他，也无论如何战胜不了的结果。

“刚完成最后一个投资计划，如今功成身退，在家待业。”仿佛知道他内心挣扎，商影年用一句话交代清楚自己的境况。

尹年扬眉笑了："我身边正好有个空缺，悬置多年。你，要不要跟我走？"

"好。"商影年不住点头，泪水终于落下，再一次落在尹年的掌心。

曾共同经历过的喜乐伤悲、聚散离合如一粒沙落在彼此心里，经过时间，变成了珍珠。那样的痛楚磨砺与辛苦转折，他们深深记得，永志不忘。

终篇 落子无悔

我不怕错过，只怕辜负。

影年：

你何时才会读到这封信？

弥撒刚刚结束，我在里昂的白色圣母大教堂中就着烛火给你写这封信。清楚记得当年在你的入职申请上签名的情景，用的也是这支笔。

回望过去，我们相识又分别，是否已有一生那么长？

我时刻想念你。想到你也一定会记挂我，觉安心又苦涩。

这是我这么多年来，第一次休假。坐在三尺宽的办公桌前，等着一份又一份的文件与签样到来，但再也见不到你面孔，只觉蹉跎。

也曾以为我的世界不过是如此，循环往复，日升日落，案牍劳形。

但你出现过。

秘书调来人事部的记录，上面说，我未休的假期与调休累积共计一百五十七天。

影年，这次我给自己的生日礼物是一个假期。自多年前你陪我喝完那杯香槟，我再没有庆祝过什么。你走之后，也确实没有什么事情值得庆祝。如果可以自私，我希望你能在我身边。

人生短短几十载，让我们一起认真又潦草地过。

你知道吗，今年里昂的雪来得特别早。独自走在落雪的街头，想起刚遇见你的那个冬天，也是大雪。觉得冷，真冷，透彻肺腑的那种冷。你曾说，要回来看圣母大教堂。原本以为，它看起来依旧会是我多年前见到的模样，但它和印象中不再相同。或许是因为你曾在这里留下过愿望。我爱上你，所以想要透过你的眼睛看看这个世界。

从山顶眺望整座积雪的城市，世间一切看来如此苍茫。我想和你并肩看这片风景，听你讲这些年的过往。最近常常会想，是否因为我曾经的犹豫，浪费了太多的时间。

你知道吗，是我先爱上你。从第一次看到你的时候起。

那天你穿一件红色大衣，低头走出电梯来，手套掉在地上却没有在意。与你擦肩而过的刹那，我忍不住猜想：你会在想些什么呢？想得如此专注。于是捡起那只粉红色的手套，出声叫住你。你回头，眼眸漆黑，透过它们能清楚看见你沉静内心。那一刻我不能言语，不知道内心的震动是因为什么。然后才明白，我终于遇见你了。我认识的女性，大多穿深色套装，有棱角却未必有风骨，精明大方，应对得宜，面目都是一样模糊。

但是你纤瘦单薄的红色背影，却让我感到浓墨重彩的哀愁。然后你道谢离开，消失在转角。我以为你，这个穿红衣的女孩只不过在我生命里如流星划过。这个认知让我人生中第一次尝到那种茫然的空落。所以能在报社的尾牙上再次遇见你，有些不相信自己的运气。而在你的眼中，也看见同样的疑惑与忐忑。我把这当作我们共有的秘密。

你不知道吧，我一度努力想要远离你，只希望能站在你身后，却一次次无法抵抗内心热望。靠近你的快乐，带着锋利的边缘。

一直没有告诉你，我有过一段不成功的婚姻。说是不成功，却其实一次争吵都不曾有过。敏宜的父亲和我父亲是多年知交，她小我五岁，从小她就一直说，长大要嫁我。本以为那不过是孩子的戏言。后来我留学在外，每个暑假她都来看望。敏宜大学毕业那年，我奉长辈之命陪她去欧洲旅行。每到一个教堂，她就说："我们结婚吧。"我修完法律学位半年之后，我们结了婚。开始的那几年，我时常因工作的缘故四处调动，她就放弃自己的生活跟着，像当年牺牲暑假来看望我一样。我被派驻法兰克福的那年，敏宜在海德堡大学谋得一席教职。敏宜的专业是数学，后又修学天文。

别的女生迷信星座的时候，她却在研究天文历史。她比我认识的所有人都更清楚行星的轨迹、反射系数以及星群分布。所以她相信，与寂静宇宙不同，这个世界喧嚣拥挤，但寂寞却类似，所以能拥抱谁就要紧紧拥抱。两年后我受命调回国内，敏宜不得不面临选择。我知道，敏宜喜爱她的工作，也希望我能给她安稳，但我反而要她随我东征西讨、颠沛流离。在这一段婚姻中，我的付出实在有限。

从法律文件上看来，我们的婚姻维持了十年零三个月，其实聚少离多。她后来选择在德国定居，很快再婚，婚后随丈夫搬去北方的小城吕内堡。从此昼夜相隔、季节交错，仿佛像她说的那样：参商永隔。“爱上你是件很容易的事。”她说，“但我不能总是等待你的归来，盼望你填补我生命与生活的空白。你不需要我，所以你也并不爱我。我希望，有一天你会懂得那种片刻看不见一个人，整颗心悬空的孤独滋味。”我们就这样签字离婚，然后去餐厅吃午饭，融洽得像合作多年终于要散伙的拍档。送她到机场后赶回报社，正好赶上下午的编前会。

这么多年，我能给敏宜的礼物，是自由。而我能为你做的，又是什么？

所以我总是想要保持距离。我不怕错过，只怕辜负。

你走的那天，我在客厅的沙发上枯坐一夜，那一刻，我突然明白了敏宜说的那种寂寞。天亮的时候起身洗漱，冲咖啡，然后上班去。秘书微笑着向我道早安，她那天穿了浅色的新毛衣。接过她送来的工作安排，我赶去会议室主持晨会。一路上还有很多向我道早安的人，脸上洋溢着周末才有的轻松神情，忙完今天就可以休假了。他们知不知道，其实我也想逃离这幢大楼？但你喜欢的我，也包括这个总是埋头批阅、无暇他顾的我吧？所以我命令自己在会议桌前坐下来，带着孤注一掷的绝望。

下午王主任送来你的离职文件给我签字，工作证上有你一张小小的证件照，我将它留了下来。我骗自己说，遗憾当然时常会有，我们无法做得更好。人生的取舍，不可能总尽如人意。但其实心下知道，失去你是另一回事情。

影年，已记不清有多少次，我把别人错看成你，要走很近才发现是看错。或许一开始就知道的吧，却不愿意相信。你的出现，不也是这样的机缘与巧合吗？如果上天仁慈，应该会再给我一次机会吧。

前年敏宜和她的丈夫回国度假，顺道来看我。他们的小女儿已经三岁，我从外套口袋中拿出准备好的礼物，她腼腆地说谢谢，然后迫不及待要敏宜帮她打开。蓝色的巴西蝴蝶标本，和她的蓝眼睛一样蓝。我突然想起来，和你共处的那两年，看你辛苦劳累，却从没有给过你一件礼物。

我记得你一次次从新闻现场回来，疲惫、苍白，还要把所见所闻全部付诸文字，努力做到客观公正、不偏不倚。我该拥抱你，接过你的辛苦愁绪。却始终没有。

是我错，所以甘心如今这折磨。

候机大厅里，敏宜突然说：“见过你疲惫，也见过你困惑，但从没有见过你这样悲伤。她是谁？”我愕然，不知道自己的心事全在脸上。从皮夹中取出你留在工作证上的那张证件照片。敏宜看过，疑惑地问："为什么会放她走？"

是啊，为什么放你走？我无言以对。我不知道怎样描述我们的故事，我们的相逢和分离。

我们不能解释命运。

我知道，如果我坚持，你会愿意为了我留下。一个人把一件事放在心里那么久，必定是有原因的。你有太多牵挂。

我先爱上你的。所以，我先放手。我会一直爱你，所以事到如今我依然无法放手。

我想，你会原谅我的沉默，就如同我总是明白你内心缺憾。

我对自己说，不如这样吧，你的前半生怎样过，那么后半生也一样。但影年，你告诉我，会是这样吗？

商影年将信纸折好，轻轻关掉手边的阅读灯。尹年已在她身旁沉沉睡去，依旧是那俊朗分明的眉眼。窗外是西伯利亚高空的暗夜。商影年伸手想帮尹年盖好毛毯，手却被他紧紧握住，不肯松开。

商影年干脆伏到尹年怀中，在他耳边若无其事地轻声笑问："喂，这样随随便便牵人家手，你这次倒是看清楚没？"但是晶莹的泪水出卖她，缓缓从眼角滴落，渗进尹年的鬓角。

尹年依旧闭着眼睛，只是更加用力拥住她："早说过了，落子无悔。"

他始终与别人不一样，

他又如何会与别人一样？

图书在版编目（CIP）数据

如果没有你 / 陶立夏著 . — 长沙：湖南文艺出版社，2015.7
ISBN 978-7-5404-7206-1

Ⅰ . ①如… Ⅱ . ①陶… Ⅲ . ①长篇小说—中国—当代 Ⅳ . ① I247.5

中国版本图书馆 CIP 数据核字（2015）第 115932 号

上架建议：都市情感 · 长篇小说

如果没有你

作　　者：陶立夏
出 版 人：刘清华
责任编辑：薛　健　刘诗哲
监　　制：毛闽峰　李　娜
特约策划：刘　霁　李　颖
特约编辑：谢晓梅
营销编辑：王钰捷　张　璐
封面设计：棱角视觉
版式设计：利　锐
出版发行：湖南文艺出版社
（长沙市雨花区东二环一段 508 号　邮编：410014）
网　　址：www.hnwy.net
印　　刷：北京嘉业印刷厂
经　　销：新华书店
开　　本：880mm × 1230mm　1/32
字　　数：200 千字
印　　张：9.5
版　　次：2015 年 7 月第 1 版
印　　次：2015 年 7 月第 1 次印刷
书　　号：ISBN 978-7-5404-7206-1
定　　价：36.00 元

质量监督电话：010-59096394
团购电话：010-59320018